ADRIANS GEFÄHRTIN

ALPHAS IN ALASKA

BUCH EINS

TAMSIN LEY

FRANZISKA POPP

Twin Leaf Press

Ein ausgestoßener Gestaltwandler ohne Rudel

Geboren in eine Familie aus Wölfen ist es Adrian Stone, einem Pumawandler, niemals gelungen, sich der Gestaltwandlergemeinde anzunähern. Er hat sich damit abgefunden, sein Leben allein zu verbringen. Als er eine hinreißende, entschlossene Menschenfrau rettet, die nach Katzenminze duftet und sein Tier zum Schnurren bringt, schockiert ihn das bis ins Mark. Sein Puma will diese Frau als seine Gefährtin, sie jedoch will weiterhin eine Hexe werden …

Eine Hexe ohne Magie

Darcy Mae ist entschlossen, dem Hexenzirkel ihrer Tante beizutreten und damit die Fehler ihrer Mutter auszulöschen. Nur eine Zutat benötigt sie noch für die Herstellung eines Zaubertranks, mit dem es gelingen soll, endlich die Aufnahmeprüfung zu bestehen. Auf der Suche nach der Wurzel wird sie von einem Grizzly angegriffen. Ein Puma rettet sie, der sich daraufhin in einen Mann mit beeindruckenden Bauchmuskeln und goldenen Augen verwandelt. Schnell bemerkt sie, dass sie ihm nicht widerstehen kann.

Eine Verbindung, die Probleme mit sich zieht ...
Können die beiden trotzdem zueinanderfinden?

Lektorat: Christian Popp

ISBN: 978-1-950027-57-6

Twin Leaf Press
PO Box 672255
Chugiak, AK 99567

Adrian lauerte auf einer Pappel. Seine Krallen gruben sich in die Rinde und sein Blick war auf den toten Elch auf der Lichtung gerichtet. Seit Stunden wartete er bereits in seiner Pumagestalt. Er wollte den nächsten Schritt machen, musste jedoch sichergehen, dass die Überreste verlassen lagen, bevor er sich für eine genauere Inspektion näherte. Mehrere Leute hatten ihm von zurückgelassenen Kadavern berichtet, und sein Vorgesetzter in der Rangerstation wollte, dass der Verantwortliche dafür zur Rechenschaft gezogen wurde.

Überall im Wrangell-St.-Elias-Nationalpark hatte er Kadaver gefunden. Diese Funde hatten bereits einige Zeit dort gelegen, bevor Adrian sie entdeckt hatte, sodass er keine Beweise mehr sichern konnte. Dieser Fund schien noch frisch, der Gestank dennoch intensiv, Fliegen schwirrten über dem Fell des Tieres und um das samtweiche Geweih. Wenn der Verantwortliche ein Mensch war, hatte er das Tier nicht für die Trophäe getötet. Auch nicht für das Fleisch. Jemand oder etwas tötete aus Spaß, und langsam näherte er sich dem Lebensraum der Menschen.

Adrians Pumaschwanz zuckte wutentbrannt und er entließ ein resigniertes Grunzen, bevor er geschmeidig vom Baum sprang. Je näher er kam, desto schlimmer war der Gestank. Die Fliegen formten eine Wolke über dem Kadaver, Wunden kamen zum Vorschein, in denen sich zappelnde Maden wie zuhause fühlten.

Er umkreiste den Elch und schätzte, dass das Tier bereits um die vierundzwanzig Stunden tot war. Pfotenabdrücke, beinahe doppelt so groß wie seine, waren um den Kadaver zu finden. Er senkte seine Schnauze und schnüffelte. Der bekannte Moschusgeruch eines Grizzlys füllte seine Nase. Ein Werbär. Missmutig fauchte er. Das Letzte, was die Gestaltwandlergemeinschaft brauchte, war ein abtrünniges Mitglied, das Aufmerksamkeit auf den Nationalpark zog. Randall, ein Wolf und Adrians Vorgesetzter, würde das nicht gefallen.

Fuck, auch Adrians Begeisterung hielt sich in Grenzen. Pumas waren in Alaska keine Seltenheit. Dennoch löste es Unruhen aus, wenn er von einem Menschen gesichtet wurde. Die weitläufige Wildnis des Parks war seine Zuflucht, sein Revier – ging es nach seinem Puma. Die ansässigen Grizzlywandler würden sich selbst um einen wildgewordenen Bären kümmern wollen.

Adrian entblößte seine Fangzähne und drehte sich um, lief durch das Unterholz zurück zur Rangerhütte, um seinen Vorgesetzten in Kenntnis zu setzen.

Noch im Schutz des Waldes verwandelte er sich und zog seine Uniform aus einem hohlen Baumstamm. Bevor er die Lichtung betrat, warf er sich die Kleidung über. Seine bescheidene Blockhütte stand direkt neben einer von vielen Felsformationen. Das Dach war von Moos bedeckt und die kleine Veranda umgeben von einem Moskitonetz. Einer der beliebtesten Wanderpfade begann nicht weit von ihm und eine Tafel mit Bemerkungen anderer

Camper flatterte am Ende seiner überwucherten Einfahrt im Wind.

In der Zwei-Raum-Hütte warf die Sonne, die durch die wenigen Fenster trat, ihr Licht auf das spärlich eingerichtete Wohnzimmer. Er durchquerte den kleinen Eingangsbereich mit einem Tisch, einem Propankühlschrank, einem Holzofen und einem alten Sofa. Im Schlafzimmer stand ein großes Bett, das so ziemlich den gesamten Platz für sich beanspruchte. Vom Nachttischschränkchen nahm er sein Handy und marschierte dann zu dieser einen bestimmten Ecke in der Hütte, in der er Empfang hatte. Für den Notfall bewahrte er ein Funkgerät im Schuppen auf. Jedoch wäre es nicht klug, mit Randall bei diesem Thema über Funk zu sprechen. Gott sei Dank zeigte das Handy zwei Balken. Er wählte die Nummer des Rangerbüros.

„Forest Service, Cherry am Apparat", antwortete eine Frau in einem nasalen Ton.

„Cherry, Adrian hier. Ich muss mit Randall sprechen."

„Oh, hi, Hübscher!" Ihre Stimme erhellte sich. „Wir haben lange nichts von dir gehört. Wie geht's dir?"

Adrian knirschte mit den Zähnen und musste sich daran erinnern, höflich zu bleiben. Cherry war ein Mensch. „Alles gut."

Er hasste diesen Austausch von Nettigkeiten, weshalb er sich überhaupt erst für eine Laufbahn als Ranger entschieden hatte. Dieser abgelegene Ort war perfekt für ihn und er ging nur in die Stadt, wenn er Vorräte brauchte. Die meisten Aufgaben erlaubten es ihm, allein seine Runden zu drehen, bei denen er hin und wieder mit Wanderern ins Gespräch kam und Probleme weitergab. Mehrere Male im Jahr begab er sich auf die Suche nach einer vermissten Person, noch bevor ein Rettungsteam auf dem Berg erschien.

„Wie läuft es mit dem Informationsmaterial?", trällerte Cherry.

Er sah zu dem Haufen neben der Tür, auf dem sich der Staub ansammelte. Eigentlich hätte er die Flugblätter an Touristen verteilen sollen, da er Menschen aber mied, hatte er nur wenige an den Mann gebracht. „Auch gut. Ich muss mit Randall sprechen."

„Natürlich."

Es klickte und ein paar Sekunden später meldete sich sein Vorgesetzter am Telefon: „Adrian, was ist los?"

„Ich habe einen Anhaltspunkt. Gestern habe ich einen zurückgelassenen Elch entdeckt. Überall um den Kadaver fand ich frische Grizzlyspuren. Es roch nach Gestaltwandler."

„Scheiße. Sag mir bitte nicht, dass die Infizierten in unser Revier eingedrungen sind."

„Infizierte?"

„Die wildgewordenen Abtrünnigen." Der Laut von über Bartstoppeln kratzenden Fingern war in der Leitung zu hören. „Zwei infizierte Wölfe und ein Elch mussten im Winter in Anchorage ausgeschaltet werden, dann ein Schwarzbär in der Nähe von Valdez im Frühling. Der Rat hat vor einiger Zeit eine Warnung rausgeschickt. Liest du deine E-Mails nicht, Adrian?"

Adrian sah zu dem staubigen Laptop auf dem Nachttisch. „Schließlich habe ich hier draußen kein WLAN, Randall. Wenn ich das nächste Mal in die Stadt fahre, schaue ich in mein Postfach."

Randall entließ einen frustrierten Laut. „Also wenn ein Wandler hinter den Kadavern steckt, dann ist es wohl ein Abtrünniger. Nimm dein Gewehr mit."

„Ich bin ein Ranger, kein Soldat."

„Das ist dein Revier. Ich will, dass du die Sache regelst. Es könnten Wanderer in Gefahr sein."

„Fuck." Adrian verzog das Gesicht. „Was, wenn er sich verwandelt, bevor er stirbt?" Es war eine Sache für einen Ranger, einen gefährlichen Bären zu töten. Es war etwas ganz anderes, wenn ein toter Mensch mit der Kugel eines Rangers auftauchte. Zumal ein Puma in einem Kampf mit einem Grizzly keine Chance hatte, schon gar nicht mit einem Wandler, der seinen Verstand verloren hatte.

„Der erste Schuss sollte sitzen."

„Was für ein Scheiß …" Nachdem er aufgelegt hatte, schob Adrian das Handy in seine Hosentasche und schnappte sich sein Gewehr. Er verließ die Hütte. Solange es noch relativ warm war, sollte er sich auf die Pfade wagen.

Er warf sich auf seinen Quad, schaltete es an und sofort stieg eine Rauchwolke auf. Das verdammte Ding nahm ihm die Fähigkeit, zu riechen und zu hören. Der Puma sträubte sich. *Ich weiß, mir geht's genauso.* In seiner Tiergestalt konnte er die Waffe jedoch nicht transportieren.

Mit dem Gewehr in einem Behälter auf der Vorderseite des Quads rollte er von der Lichtung und machte sich auf den Weg zum Ausgangspunkt für Wanderer.

2

Darcy stoppte ihren Subaru und beäugte den überwucherten Pfad. Laut Google sollte diese Schotterstraße zu dem Ausgangspunkt für die Wanderwege führen. Jedoch machte es den Anschein, dass sie bei einer Weiterfahrt ihr Ende finden würde. Ihr Allradantrieb hatte den holprigen Weg gemeistert, aber es wurde schmaler und schmaler, Äste kratzten bereits gegen ihr Auto. *Bin ich falsch abgebogen?*

Sie sah in den Rückspiegel. Vor nicht allzu langer Zeit hatte es eine Stelle zum Wenden gegeben. Sie schaltete in den Rückwärtsgang, manövrierte vorsichtig durch das Unterholz und landete schließlich auf einer Lichtung, die perfekt zum Zelten wäre.

Der Himmel über ihr war kaum durch das Blätterdach zu erkennen. Seit sie auf die Schotterstraße eingebogen war, hatte sie keine Menschenseele mehr gesehen. Sie rollte ihr Fenster herunter und atmete die frische Waldluft ein. *Wenn sie schon mal hier war, konnte sie auch beginnen.*

Ihre Aufnahmeprüfung für den Hexenzirkel fand übermorgen statt, und sie war in den Wald gefahren, um Kräuter für einen Zaubertrank zu suchen, mit dem sie an Redegewandtheit gewinnen sollte. Ihre letzte Chance, damit sie ihr Stottern überwand, das bisher jeden Zauber ruiniert hatte. Ihre arme Tante Willow hatte von einer Lektion noch immer die weiße Haarsträhne hinter ihrem Ohr. Darcy hatte die Tinktur für Redegewandtheit in einem Zauberladen kaufen wollen. Wie es schien, zeigte der Zauber jedoch nur seine Wirkung, wenn die Person den Trank selbst zubereitete. Langanhaltend war der Zauber nicht, aber das musste er auch nicht. Er sollte nur dafür sorgen, dass sie für eine Weile akzeptabel in Beschwörungen war, beständig genug, um die Chance auf eine Ausbildung im Hexenzirkel an Land zu ziehen.

Sie stellte den Motor ab und nahm das Exemplar von *Wild- und Heilkräuter im Pazifischen Nordwesten.*

In Gärten kannte sie sich besser aus als in der Wildnis. Da ihre Mutter sie als Kind jedes Jahr ins Sommercamp geschickt hatte, bereitete ihr der Wald jedoch keine Angst.

Sie nahm ihr Handy und öffnete die GPS-App, sicherte ihren Standort, sodass sie wieder zurückfand. Anschließend legte sie das Buch und ihr Handy in eine wiederverwendbare Einkaufstüte, zusammen mit einer kleinen Schaufel, violett-gelben Gartenhandschuhen und einem Regenponcho. Sie stieg aus dem Auto und sah sich um. Sie entdeckte eine überwucherte Feuerstelle, gekennzeichnet durch kreisförmig positionierte Steine. Die Baumstämme, die als Sitzmöglichkeit herhalten sollten, waren lange nicht in Benutzung gewesen. Stattdessen hatten sich auf der Lichtung überall kniehohe Büsche ausgebreitet.

Sie schloss ihr Auto ab, obwohl sie bezweifelte, dass das hier draußen notwendig war, und lief zu dem Beginn eines Pfades, der offenbar hoch auf den Berg führte. Ihrem Buch zufolge wuchs wilde Rosenwurz in hochgelegenen Regionen an Felshängen.

An Bäumen vorbei begutachtete sie ihre Umgebung, immer auf der Suche nach den fleischigen Rosenwurzblättern. Eine dicke Schicht aus Blättern und Ästen knackte und knisterte unter ihren Füßen. Über ihr sangen die Vögel und in der Ferne hörte sie einen Specht. Sie entließ einen zufriedenen Seufzer und strich mit den Fingern über den grauen Baumstamm einer Amerikanischen Zitterpappel.

Dichtes Gebüsch mit wilden Himbeeren bevölkerte den Pfad und sie nahm sich eine Handvoll, genoss den süßen und unbehandelten Geschmack auf ihrer Zunge. Ein Moskito summte neben ihrem Ohr und sie griff auf der Suche nach ihrem hausgemachten Insektenspray in ihre Tasche. Noch war sie nicht besonders gut mit Zaubertränken, aber sie zeigte ein Talent für ätherische Öle. Ihre Minz-Zitronen-Mischung wirkte nicht nur wahre Wunder, sondern roch auch himmlisch. Nachdem sie sich damit besprüht hatte, packte sie das Spray wieder weg.

Der Pfad wurde steiler. Ihre Waden brannten. Nach einer Weile erreichte sie eine Kurve. Zu ihrer Rechten verlief der Weg an einer Felswand entlang und den Abhang runter entdeckte sie eine Ansammlung aus rosettenförmigen Blättern. Rosenwurz? Sie trat näher an den Abhang, um einen besseren Blick darauf werfen zu können.

Die Erde unter ihren Füßen gab nach. Zu überrascht, um zu schreien, fiel sie auf den Hintern und rutschte den Abhang hinunter, bis sie in einer aufgewühlten Wolke aus Dreck zum Erliegen kam.

Fassungslos erhob sie sich und schob sich ihre rotblonden Haare aus dem Gesicht. Abgesehen von ein paar Kratzern und einem rasenden Herzschlag war sie nicht verletzt. Neben ihr entdeckte sie zwischen Felsen schuppige Rosettenblätter. Inmitten der Dreckwolke bemerkte sie, wie extrem der Minz-Zitronen-Duft plötzlich war. Aus der Tasche zog sie die zerbrochene Flasche und rümpfte die Nase. Ölige Flüssigkeit benetzte das Innere. Sie wischte ihr Handy und das Buch an ihrem Hosenbein ab. Zumindest müsste sie sich nun keine Sorgen um Insekten machen.

Hinter ihr zeigte der Abhang deutlich, wo sie nach unten gerutscht war. Es war ein Wunder, dass sie sich nicht verletzt hatte. Sie blickte zu beiden Seiten, fand jedoch keine Stelle, an der sie einen Aufstieg wagen könnte.

„Fuck", murmelte sie. Ihr Stottern zeigte sich niemals bei Kraftausdrücken.

Sie wandte sich wieder der Rosenwurz zu. *Ich sollte den Moment nutzen.* Sie holte ihr Buch heraus, um sicherzustellen, dass es auch die richtige Pflanze war. Dann zog sie ihre Gartenhandschuhe hervor und buddelte mit den Fingern, um die Wurzel freizulegen. Die Pflanze schien direkt aus einem Felsspalt zu wachsen. Hätte sie Kräuter aus dem Laden benutzen können, hätte sie das getan. Für diesen Zaubertrank jedoch musste die Wurzel innerhalb von zweiundsiebzig Stunden nach einem Vollmond geerntet werden.

Sie nahm die Schaufel zur Hand, stemmte das Werkzeug in den Spalt und versuchte, ihn zu vergrößern. Ohne Erfolg, denn sie rutschte immer wieder ab. Sie veränderte den Winkel, doch die Natur weigerte sich, ihr die Pflanze zu überlassen. Sie stand auf und blickte frustriert gen Himmel. Es sah nach Regen aus.

Als würden die Götter sie auslachen, landete ein Tropfen direkt auf ihrer Stirn. *Großartig.*

Mit der Rückhand wischte sie die Nässe weg und wagte sich dann an eine andere Pflanze. Hier schaffte sie es nur, sich einen Nagel abzubrechen. „Ich brauche diese verdammte Wurzel", knurrte sie.

Warum gestaltete sich diese Aktion als so schwierig? Ihre Schaufel sorgte bei dem Gestein nicht für genug Hebelkraft. Sie müsste mit einer ausgewachsenen

Schaufel zurückkommen und es erneut versuchen. Zumindest wusste sie, wo die Rosenwurz zu finden war.

Sie packte die Handschuhe und die Schaufel in ihre Tasche, zog ihr Handy heraus und speicherte auch diesen Standort in ihrer App.

Kein Empfang.

Sie hob das Gerät über ihren Kopf und lief auf der Suche nach einem Signal ein paar Schritte in beide Richtungen. Die App reagierte nicht. War es die Felswand, die das Signal blockierte? *Gott, was für ein Tag.*

Solange sie sich nicht zu weit von der Felswand entfernte, müsste sie sich nicht sorgen, im Kreis zu rennen. Irgendwann würde sie schon Empfang haben. Oder eine Stelle finden, die einfach zu erklimmen wäre, um wieder auf den Pfad zu gelangen.

Mit dem Handy in der Hand machte sie sich auf den Weg.

3

Adrian bremste mit seinem Quad neben einem blauen Subaru Forester und stellte den Motor ab. Was machte ein Auto so weit entfernt von der Hauptstraße? Er stieg ab und umkreiste das Fahrzeug. Ausgehend von den Reifenspuren stand es erst seit ein paar Stunden hier. Er entdeckte Fußspuren – nach der Größe zu urteilen von einer Frau –, die direkt zu dem Pfad führten, an dessen Ende er den Elch gefunden hatte. Er musste sich beeilen, um sie zu finden, bevor sie die Stelle erreichte.

Er hob sich das Gewehr auf die Schulter und lief los. Am liebsten würde er sich in seinen Puma verwandeln. Wo der Pfad eine Kurve machte, sah er gelockerte Erde am Hang. Vorsichtig näherte er sich und sah über die Kante. Der Erdrutsch war nicht natürlichen Ursprungs gewesen. Er sah aber keinen Körper. „Hallo, ist dort unten jemand?"

Nur der Wind, der das Laub zum Rascheln brachte, antwortete ihm.

Er hob die Nase und versuchte, herauszufinden, ob die Frau noch in der Nähe war. Ein köstlicher Duft wehte zu ihm, maskierte alle anderen Gerüche und sein Puma reagierte. *Katzenminze?* Merkwürdig.

Da die Fußspuren an dieser Stelle endeten, blieb ihm nur eine Möglichkeit: Er musste der Sache nachgehen. Vorsichtig rutschte er den Abhang hinunter. Als Puma wäre der Abstieg einfacher gewesen, aber sich einem ängstlichen Wanderer als Raubtier zu nähern, war niemals eine gute Idee. Vor allem nicht, da ein Puma in dieser Gegend nicht die Regel war.

Unten angekommen nahm er den Geruch nach Katzenminze verstärkt wahr und sein Puma wollte spielen. Er musste das Bedürfnis unterdrücken, sich die Klamotten vom Leib zu reißen und sich auf den Rücken zu werfen. Stattdessen ging er entschlossen vor, konzentrierte sich auf sein Ziel und fand im Dreck die Fußabdrücke der Frau.

Der lose Sand sowie die Steine und die Felsen erschwerten ihm den Fortschritt, aber die Duftspur nach Katzenminze trieb ihn an. Bei einem großen Baum entdeckte er geknickte Äste, als hätte sie versucht, an dem Stamm hochzuklettern.

Der Geruch nach Katzenminze war nun ausgeprägter, genau wie der einzigartige Duft nach Frau. Blumig, mit einem Hauch von schwarzem Tee. Er erinnerte Adrian an seine Kindheit mit seiner Mutter. Bevor sich sein Puma gezeigt, bevor sein Rudel ihn zurückgewiesen hatte. Ein Puma hatte unter Wölfen nichts zu suchen. Was er war, galt als Spott: Nachwuchs mit unerwarteten Merkmalen, vererbt von einem längst verstorbenen Vorfahren.

Der weibliche Duft an dieser Stelle hatte Auswirkung auf ihn. Sein Schritt fühlte sich plötzlich beengt an. *Gefährtin*, schnurrte der Puma. Adrians Hoden stimmte zu, doch sein Kopf wusste es besser. Die Katzenminze täuschte ihm etwas vor. Zwar schätzte er Menschenfrauen, noch nie aber hatte er eine kennengelernt, die er für sich beanspruchen wollte. Ohne sie jemals gesehen zu haben, wollte er diese Frau für die Ewigkeit.

Und der erregende Duft war kraftvoll, trieb ihn auf eine Weise vorwärts, wie es nicht mal sein

Bedürfnis, einen unschuldigen Wanderer zu beschützen, schaffen würde.

Nicht weit vor ihm sah er einen weißen Baumstamm mit tiefen Furchen. *Krallen.* Eine frische Bärenmarkierung. Adrians Nasenflügel blähten sich auf, seine Sinne waren von dem verführerischen Duft einer Frau und der Katzenminze eingeschränkt. Der Grizzlywandler war hier gewesen und hatte seine Markierung hinterlassen. Etwas an seinem Geruch verwirrte Adrian. Zu süß legte er sich wie Pech auf seine Lunge und Adrian würgte. Er dachte an Randalls Warnung über die Infizierten.

Mit der Zunge strich er über seine länger werdenden Fangzähne. Gleichzeitig nahm er die Waffe von der Schulter und entsicherte sie. Die Frau war in Gefahr. *Meine Frau,* grummelte sein Puma. Adrian konnte sich dem Instinkt nicht erwehren. Im nächsten Moment rannte er los.

4

Darcy hatte ihre Meinung geändert: Sie hasste die Natur. Von jetzt an würde sie sich darauf konzentrieren, die Kräuter für ihre Zaubertränke in Töpfen und Kästen zu kultivieren. Nie wieder wollte sie etwas von Wildkräutern hören.

Wie weit war sie gelaufen? Die Sonne lugte nur gelegentlich durch die Wolkendecke, sodass es sich anfühlte, als würde sich der Abend nähern. Stattdessen zeigte ihre Uhr an, dass es erst zwei Uhr nachmittags war. Die Felswand war noch immer unerreichbar hoch, der Abhang zu steil, und sie hatte keinen Empfang.

Ihre Brust fühlte sich eng an. Niemand wusste, dass sie hier draußen war – nicht mal Tante Willow.

Niemand würde sie vermissen, bis sie bei ihrer Prüfung in zwei Tagen abwesend blieb. Selbst dann würden sie wahrscheinlich davon ausgehen, dass sie einen Rückzieher gemacht hatte.

„Scheiße!" Sie schlug nach einem Spinnennetz, das ihr den Weg versperrte und richtete den Blick erneut auf den steilen Abhang. Mit dem Gedanken, dass sie sich vielleicht an einem Ast hochziehen könnte, streckte sie den Arm aus, aber der Baum war nicht stark genug, um ihr Gewicht zu halten.

Sie wimmerte, als ihr Knöchel zum zwanzigtausendsten Mal auf den losen Steinen umknickte. Nicht weit vor ihr sah sie, wie sich die Bäume lichteten. Vielleicht wäre sie dort in der Lage, an Empfang zu kommen. Sie humpelte weiter und trat auf eine Lichtung mit brusthohen Büschen und schwarzen Holzstämmen, die auf der Seite lagen.

Nachdem sie ihr Handy herausgeholt hatte, prüfte sie das Netz. Nicht mal einen Balken. Sie stöhnte und drehte sich dem Abhang zu. Wie konnte es sein, dass es nicht eine Stelle gab, an der sie hochklettern konnte? Vielleicht sollte sie umkehren und die entgegengesetzte Richtung versuchen.

Dann hörte sie ein Grunzen. Sie wirbelte herum, ihr Blick auf dem Meer aus Büschen.

Ungefähr dreißig Meter vor ihr erhob sich aus dem Gebüsch eine riesige, dunkle Gestalt mit einem breiten Kopf. Ihr Blick fiel auf die kleinen Ohren, die Knopfaugen und die massiven Pfoten. Ihr Herz hämmerte gegen ihren Brustkorb.

Ein Bär.

Sie wollte schreien, doch ihr blieb die Reaktion im Hals stecken. War das ein Schwarzbär oder ein Grizzlybär? Sie war in Anchorage aufgewachsen, aber selbst dort hatte sie dem regional bekannten Raubtier niemals gegenüber gestanden. Sie wusste nur, dass man bei einem kämpfen und bei dem anderen wegrennen sollte. Bevor sie sich für eine Option entscheiden konnte, öffnete der Bär sein Maul und entließ ein ohrenbetäubendes Brüllen.

„Oh, oh, scheiße!" Sie stolperte rückwärts und rutschte auf den glitschigen Steinen aus. Sie landete auf ihrem Hintern und ihr Handy glitt ihr aus der Hand.

Der Bär ließ sich auf alle viere runter und preschte mit unfassbarer Geschwindigkeit auf sie zu. Seine riesigen Pfoten, die über den Boden polterten, erinnerten an Trommelschläge.

Darcy schrie, ihre Füße traten wie wild und doch nutzlos um sich. Da sie es nicht schaffte, auf die Beine zu kommen, packte sie eine Handvoll Kieselsteine und warf sie auf den Bären, als er durch die Büsche brach. Dann hob sie die Arme schützend vor ihr Gesicht und sah nur aus den Augenwinkeln, wie aus dem Nichts eine goldene Gestalt auftauchte.

Das Ding krachte von der Seite in den Bären und zusammen rollten sie in die Büsche. Eine breite Schneise wurde dabei niedergemäht. Darcy senkte die Arme und starrte mit weit aufgerissenen Augen auf die kämpfenden Wesen. Das zweite Biest war fast so groß wie das erste. Sein langer, goldener Schwanz stellte sich bedrohlich auf, als es knurrte und fauchte. *Haben wir überhaupt Pumas in Alaska?*

Die Tiere umkreisten sich, die Fänge gefletscht, die Ohren nach hinten. Der Bär griff an, erwischte das andere Raubtier mit einer Tatze. Die große Katze sprang hoch und aus dem Weg. Sie landete auf den Schultern des Bären und sank die Zähne in seinen Nacken.

Mit einem lärmenden Brüllen buckelte der Bär und warf den Puma ab. In der Luft drehte er sich herum und fand sich auf seinen Pfoten. Wieder umkreisten sie sich, schätzten sich ab, suchten nach Schwächen, fauchten und holten testend mit den Pfoten aus.

Ich muss von hier verschwinden. Darcy schaffte es auf die Füße. Ihre Handflächen brannten und klebten von ihrem eigenen Blut. Wunden, die sie sich selbst beim Fallen zugezogen hatte. Als sie Gewicht auf ihren linken Fuß ausübte, schoss ein stechender Schmerz durch ihr Bein. Schwer atmend stützte sie sich an der Felswand ab und hüpfte langsam den Weg zurück, von dem sie gekommen war.

Der Puma schien den Bären davonzujagen, lenkte ihn auf die Waldgrenze zu. Darcy konnte ihr Glück kaum fassen. Anstatt sie zu verspeisen, hatten sich die zwei Raubtiere aufeinander gestürzt. Beschweren würde sie sich allerdings nicht.

Sie stolperte über eine Wurzel und landete auf ihren verletzten Handflächen. Die Kampflaute waren verebbt. Für einen Moment hielt sie die Luft an und spitzte die Ohren. War es Wunschdenken, wenn sie hoffte, dass die Tiere ihre Existenz vergaßen? Vielleicht sollte sie krabbeln, damit sie über die

Büsche nicht gesehen werden konnte. Sie hob den Kopf und richtete den Blick auf die Waldgrenze.

Ihre Augen trafen auf den goldbraunen Blick des Pumas. Keine Armlänge entfernt von ihr duckte er, seine Schnauze mit Blut verschmiert und ein Ohr eingerissen. Quietschend zuckte sie zurück und fiel auf den Hintern. Das war es also. Das Ende. Niemand würde ihren Körper finden, denn der Puma würde sie wegzerren und verspeisen.

Das Raubtier erhob sich und kam auf sie zu. Ein tiefes Schnurren vibrierte in der Luft. Seine goldenen Augen hielten sie gefangen. Ihr Herz schlug so gewalttätig in ihrer Brust, dass sie keine Luft bekam.

Langsam und anmutig näherte er sich, bis seine Vorderpfoten zwischen ihren Schenkeln waren. Sie war gezwungen, sich zurückzulehnen, sodass ihre Nasen nicht zusammenstießen. Mit angehaltenem Atem lag sie unter ihm und die Hitze seines Körpers ging auf sie über.

„N-Nettes Kätzchen, l-liebes Kätzchen", flüsterte sie.

Er schnurrte noch immer, als er seinen großen Kopf senkte und seine Wange an ihrer rieb.

In Erwartung von scharfen Fangzähnen verzog sie das Gesicht zu einer Grimasse. Überrascht wurde sie mit den rauen Schnurrhaaren an ihrer Haut. Mit zittrigen Händen schob sie seinen Kopf von sich. Sein goldbraunes Fell fühlte sich so weich an.

Die große Raubkatze reagierte, indem sie lauter schnurrte. Die goldenen Augen zeichneten sich durch Intelligenz aus, die sie nicht erwartet hatte. Warum zerfetzte sie der Puma nicht? War es möglich, dass er jemandes Haustier war? Sie vergrub ihre Finger in seinem dicken Fell und langsam verebbte die panische Angst in ihr.

Eine lange raue Zunge leckte über ihren Hals, was einen unerwarteten Lustschauer in ihr lostrat. Sie bewegte keinen Muskel, als der Puma ihren Körper erkundete, an ihr roch und leckte und sich an ihr rieb. Markierte er sie? Sie wusste rein gar nichts über Pumas.

Er hob eine große Tatze und platzierte sie auf ihrem Bauch, massierte sie sanft mit eingefahrenen Krallen. Ihre Haut bebte unter seiner Berührung. Mit dem Kopf stupste er gegen ihre Schenkelinnenseite, bis er ihre Mitte erreichte. Sein heißer Atem fuhr durch ihre Jeans.

Schmetterlinge erwachten in ihrem Bauch und sie schnappte nach Luft. Oh Gott! Was sollte das? Warum zur Hölle war sie erregt? Das war so merkwürdig! Dieser Puma …

Die Raubkatze hob den Kopf und sie blickte wieder in diese klugen Augen. Das Tier schien zu überlegen. Nach mehreren Herzschlägen begann die Luft um sie herum zu schimmern. Die Gesichtszüge des Pumas verschwammen, das Maul flachte ab und die Ohren zogen sich zurück. Das Fell unter ihren Händen wurde glatt und seine Gliedmaßen verlängerten sich. Innerhalb weniger Sekunden saß anstelle eines Biestes ein Mann mit goldbraunen Haaren und ebenso farbenen Augen zwischen ihren Beinen. Mit seinen Händen stützte er sich zu beiden Seiten ihrer Hüften ab. Jeder Millimeter von ihm war mit Muskeln bedeckt.

In seiner donnernden Stimme sagte er: „Warum riechst du nach Katzenminze?"

5

Als Adrian den Grizzly entdeckt hatte, riss sein Puma die Kontrolle an sich, noch bevor er mit dem Gewehr zielen konnte. Dann war er im Rausch der Katzenminze losgeprescht. Seine Kleidung war demnach zerfetzt und nun befand er sich nur wenige Zentimeter entfernt von der zauberhaftesten Frau aller Zeiten. Kleine Äste und Blätter steckten in ihren erdbeerblonden Haaren, und ihre weit aufgerissenen blauen Augen waren auf ihn gerichtet. „Was b-bist du?"

Ihre gestotterten Worte setzten Emotionen in ihm frei, einen Besitzanspruch, den er so noch nie erlebt hatte. *Mein.* Er wollte jeden Millimeter ihrer Haut kosten. Er wollte sie mit seinem Geruch markieren und sich an ihrem kurvenreichen Körper reiben. Er wollte sie mit seinem Sperma füllen und sie in jeder erdenklichen Weise an sich binden. In seinem Kopf hörte er seinen Puma das Wort *Gefährtin* knurren. Immer und immer wieder. Es musste an der Katzenminze liegen. Der potente Duft blockierte sogar den Gestank des Bären und verwirrte seine Sinne. Sein Verstand fühlte sich an, als hätte ihn jemand unter Droge gesetzt. Er konnte nicht mal erkennen, was für eine Art Gestaltwandler sie war. War sie läufig? Was hätte sie sonst für einen Grund, in Katzenminze zu baden und in sein Revier einzudringen?

Er bewegte sich nach oben, brachte seinen Mund auf die Höhe ihrer Lippen. Mit einem Knie zwischen ihren Beinen presste er seinen harten Schenkel gegen ihre Hitze. Sein Schwanz pulsierte, sehnte sich danach, ihre feuchte Enge um sich zu fühlen. „Suchst du nach mir?"

Sie schüttelte den Kopf und legte beide Hände auf seine Brust. Ihr Kiefer bebte. „Ich weiß ja nicht mal, w-was du bist."

In ihren blauen Augen war keine Arglist zu sehen. Als er sich konzentrierte, bahnte sich ihre Angst einen Weg durch die anderen Düfte. Nichts konnte ernüchternder sein. „Was soll dann die Katzenminze?“

„Insektenspray. Die Flasche ist kaputt gegangen“, krächzte sie. Ihre Aufmerksamkeit richtete sich über seine Schulter. „Ist der B-Bär weg?“

Der Bär. Er hob den Kopf zu dem niedergefegten Pfad aus Erlenbüschen. Ein Grizzly hätte bei einem Kampf normalerweise die Oberhand gehabt. Es war der Geruch der verängstigten Frau gewesen, durch den Adrian mit einer Wildheit gekämpft hatte, die er niemals für möglich gehalten hätte. Der Infizierte lag nun mit aufgerissener Kehle im Gebüsch. Jeder Mensch, der über den toten Bären stolperte, würde annehmen, dass ein anderes Raubtier dafür verantwortlich war. Er presste seine Zungenspitze gegen seine Fangzähne, die versuchten, wieder herauszutreten. Kopfschüttelnd hoffte er, dass Randall mit seiner Theorie zu den infizierten Wandlern falschlag.

Darum würde er sich später kümmern. Im Moment hatte er andere Probleme. Er blickte auf die Frau. „Der Bär stellt nicht länger eine Gefahr dar. Wie heißt du?“

„D-Darcy.“

„Darcy." Er kostete den Namen auf seiner Zunge, vollkommen fasziniert von der Art, wie sich ihre Lippen bewegten. Sein Puma weigerte sich, von ihr auf Abstand zu gehen. „Ich bin Adrian."

Ihr anmutiger Hals zeigte ein schweres Schlucken, bevor eine ihrer Hände zu den Stoppeln auf seinem Kiefer wanderte. Hielt sie ihn für eine Illusion? „Was für eine Hexe bist du?"

Ein Schauer jagte durch seinen Körper. Das war der Geruch, den er bisher nicht hatte zuordnen können. Ozon. Sie hatte sich erst kürzlich in der Nähe einer Hexe aufgehalten. „Ich bin keine Hexe. Ich bin ein Gestaltwandler", antwortete er.

„Oh", entließ sie zittrig. Dabei strich ihr süßer Atem über seine Wange. Der beißende Angstgeruch machte Platz für den schwachen Beweis der Erregung.

Er drehte den Kopf und rieb seine Lippen an der Innenseite ihres Handgelenks. Er musste seine ganze Kraft zusammennehmen, um sich nicht seiner Begierde hinzugeben. Auf keinen Fall durfte er sie hier und jetzt für sich beanspruchen. *Verdammte Katzenminze.* Mit seinen Lippen auf ihrer Haut fragte er: „Wieso bist du allein in den Wald gekommen, Kätzchen?"

„I-Ich wollte Rosenwurz sammeln." Ihre Stimme wies eine heisere Atemlosigkeit auf, der er nicht widerstehen konnte.

Er rieb sich an ihrem Handgelenk und fühlte Nässe an seinem Schenkel, der noch immer zwischen ihren Beinen positioniert war. *Gott*, er wollte von ihr kosten. Sein Gesicht fuhr über ihren Arm und dann leckte er mit der Zunge über ihre Armbeuge, ihre Haut an dieser Stelle besonders empfindlich.

Sie schnappte nach Luft. Der Duft ihrer Erregung verstärkte sich, und so tat das auch der beißende Gestank ihrer Angst. „Wirst du mich essen?"

Er wollte ihre Frage bejahen und hinzufügen, dass er das auf die befriedigendste Art und Weise plante. Von dem Einfluss der Katzenminze etwas benommen, riss er sich zusammen, hob den Mund von ihrer Haut und zwang sich auf die Beine. „Niemals würde ich dir wehtun."

Bei dem Blick auf seine Erektion wurden ihre Augen noch größer. „W-Warum bist du n-nackt?"

Ihr bezauberndes Stottern verstärkte sich, als sie mied, einen Blick auf sein Geschlecht zu erhaschen. Natürlich versagte sie. Einem Teil von ihm gefiel die Aufmerksamkeit. Leider fiel es ihm nun noch schwerer, von ihr auf Abstand zu gehen. Er stellte sich vor, wie sich ihre sinnlichen, roten Lippen um seinen Schaft schlossen. Hastig blickte er sich nach etwas um, mit dem er sich bedecken konnte. „Als Puma Kleidung zu tragen, gestaltet sich als schwierig", knurrte er.

Mit roten Wangen kehrte sie zu seinem Gesicht zurück. „M-Möchtest du dir meinen Poncho leihen?" Sie nahm eine Tasche von ihrer Schulter und zog einen grünen Notfallponcho heraus.

„Danke." Er akzeptierte das Paket und schüttelte den dünnen Plastikponcho aus, bevor er sich das Plastik wie einen Kilt um die Hüfte wickelte. In seinem Intimbereich erhob sich eine große Beule, die an ein Zelt erinnerte. Er zeigte darauf. „Dagegen kann ich nichts machen. Er führt ein Eigenleben."

Ein Kichern entrang ihr, was die angespannte Situation etwas aufbrach. Ihr Lächeln kam einem Sonnenaufgang gleich. Der Anblick war berauschend und ein freudiges Gefühl, das er nie wieder missen wollte, erfasste ihn. Er dachte an die

Geschichte seines Vaters zurück, wie er seine Mutter kennengelernt hatte. Stets hatte er gemeint, dass sich sein Rudel erst wie ein wahres Zuhause angefühlt hatte, nachdem er ihr begegnet war.

Er rang die Erinnerung nieder. Rudel waren für Werwölfe. Pumas lebten allein.

„Komm." Er bot ihr seine Hand an. „Ich begleite dich zu deinem Auto."

„Du kennst einen Weg den Abhang hinauf?" Sie legte ihre zarte Hand in seine und er zog sie auf die Beine.

„Natürlich. Schließlich befinden wir uns in meinem Revier."

Sie nahm einen Schritt, entließ ein Wimmern und landete mit ihren weichen Brüsten voraus an seinem Arm. Ein Schnurren erhob sich in seiner Kehle. Sie war genau an den richtigen Stellen kurvig und weich und dennoch solide genug, um eine gute Gefährtin abzugeben. *Mein.* Das Wort schoss erneut durch seinen Verstand.

„Ich bin vorhin mehrmals umgeknickt", sagte sie.

Ohne auf eine Einladung zu warten, hob er sie in seine Arme. „Ich trage dich."

Sie schnappte nach Luft und krallte sich an seinem Hals fest. „Ich bin doch viel zu schwer!"

„Bist du nicht." Um genau zu sein, fühlte sie sich so leicht wie eine Feder an. Er konnte sich nichts Besseres vorstellen, als sie in seinen Armen zu halten. Ein paar Meter weiter plätscherte ein Bach den Abhang herunter. Er wusste, dass sein wild hämmerndes Herz nicht auf das zusätzliche Gewicht in seinen Armen zurückzuführen war, und doch pochte es so hart wie noch nie zuvor in seinem Leben.

6

Darcy krallte sich an Adrian fest, als er auf die Bäume zumarschierte. Er roch nach Kiefern, Holzrauch und heißblütigem Mann. Die Hitze seines Körpers machte auch sie heiß. Jetzt war nun wirklich nicht die Zeit, notgeil zu werden. Dieser Mann jedoch sah wie ein Sexgott aus. Na ja gut, er war ein Gestaltwandler. Der Erste, den sie jemals kennengelernt hatte. Hexen sprachen über sie, als wären sie kaum kontrollierbare Tiere, die angriffen, bevor sie miteinander redeten. Wie hatte sie ihn für eine Hexe halten können? *Nicht nur ruiniert mein Stottern jeden meiner Zaubersprüche, nein, ich kann noch nicht mal Hexen von Wandlern unterscheiden.* Sie fühlte sich wie die erbärmlichste Hexe aller Zeiten.

Sie erreichten einen kleinen Bach. Das Wasser plätscherte den Abhang über schroffes Gestein in die Tiefe. Ihr Magen rebellierte, als er von einer Steinplatte zur nächsten sprang. Verdammt, er war gut. Ihr Knöchel wurde bei den Sprüngen nicht mal durchgeschüttelt. Sie zwang sich, ihren Griff um seinen Hals zu lockern. Puma oder Mann aus den Bergen – wie auch immer, dieser Kerl war heiß.

Seine Nasenflügel blähten sich auf und sie musste sich fragen, ob er ihre Pheromone riechen konnte. Der Gedanke erregte sie nur noch mehr. *Was zur Hölle ist los mit mir?* Als befände sie sich in ihrer Brunstzeit!

Seine Brust vibrierte mit einem Knurren. „Mach das nicht."

Sie sah ihm in die Augen. „Was?"

„Ich kann deine Erregung riechen. Es lenkt mich ab, so wie das auch die Katzenminze tut."

Oh, scheiße, er konnte sie also wirklich riechen! Als Reaktion zogen sich die Wände ihres Geschlechts zusammen. Sie wandte den Blick ab, konzentrierte sich auf den Weg vor ihnen und mied es um alles in der Welt, ihn erneut anzusehen. Auf keinen Fall wollte sie eine faule Ausrede herausstottern und es noch unangenehmer machen. *Dämlicher heißer Wandler.*

Sie kamen oben an und dann bahnte er sich mit einem unheimlichen Selbstbewusstsein einen Weg durch die Bäume. „Warum bist du auf der Suche nach Rosenwurz?"

Darcy schluckte schwer und sammelte ihre Gedanken, bevor sie ihm antwortete: „Ich möchte einen Z-Zaubertrank zubereiten."

„Du bereitest ihn zu?" Er kam mit dem Gesicht näher und atmete tief ein. Okay, komisch. Und verdammt heiß.

„Ja", sagte sie mit mehr Selbstbewusstsein, als sie es fühlte.

Zwischen seinen Augenbrauen formte sich eine Sorgenfalte. „Du riechst nicht nach Hexe. Nicht direkt."

Seine Worte kreierten ein Loch in ihrer Brust und sie riefen eine Erinnerung an ihre Mutter hervor, die immer gesagt hatte, dass sie kein natürliches Talent für Hexenkraft in sich trüge. Ohne Tante Willow hätte Darcy niemals von dem Hexenzirkel erfahren. Viel Hoffnung blieb ihr allerdings nicht. Wirklich voran kam sie in ihrer Ausbildung nicht. Sie wusste ja nicht mal, wie sie für die Prüfung übermorgen an Rosenwurz kommen sollte. Ihr Rachen schmerzte, als sie emotionsgeladen versuchte, Worte zu formen. „Nach w-was rieche ich?"

Sein Mundwinkel zuckte, und so zeigte sich ein weißer Fangzahn, bei dessen Anblick ihr Herz einen Schlag aussetzte. „Ich bin mir nicht sicher."

„Na ja, ein Gestaltwandler bin ich jedenfalls nicht."

Er zog eine Augenbraue hoch. „Wäre das denn so schlimm?"

Bei der Erkenntnis, dass sie ihn gerade beleidigt hatte, biss sie sich auf die Unterlippe. „N-Nein."

Seine Nasenflügel blähten sich auf, aber er erwiderte nichts. Indessen stellte er sicher, dass ihre Füße nicht gegen einen Tannenbaumzweig stießen.

Schon bald machten die Bäume Platz für die Lichtung, auf der sie ihr Auto geparkt hatte. Daneben stand ein Quad. An der Seite des Fahrzeugs war das Logo des Forest Service zu sehen. Adrian setzte sie auf den gepolsterten schwarzen Sitz des Quads.

„Ist das d-deiner?" Sie hatte ihn sich als wilden Mann aus den Bergen vorgestellt und nicht als einen Förster.

„Ich bin ein Ranger." Vor ihr fiel er auf die Knie. Mit seinen schwieligen Händen glitt er zu ihrer Wade und führte ihr Bein zu sich. „Wie geht's deinem Knöchel?"

Erregende Funken schossen ihr Bein nach oben. Wie war es möglich, dass er diese Wirkung auf sie hatte? Sie räusperte sich, bereitete sich darauf vor, ihm zu sagen, dass alles in Ordnung war. In dem Moment rotierte er ihren Knöchel und sie entließ ein schmerzerfülltes Jaulen.

„Tut mir leid. Es sieht nicht gebrochen aus, aber es ist auf jeden Fall verstaucht." Er war sanft gewesen, aber verdammt, das hatte wehgetan. Er erhob sich und wühlte in einer Box, die hinten auf seinem Quad stand. „Ich bin mir sicher, dass ich Verbandsmull hier drin habe."

Obwohl ihr Knöchel pochte, kam sie nicht umhin von seiner Anmut beeindruckt zu sein. Seine Arme waren anziehend muskulös, spannten sich bei jeder Bewegung an, und sein breiter Rücken entfachte in ihr das Bedürfnis, ihre Hände von seinen Rippen zu seinen schmalen Hüften fahren zu lassen, bis sie seinen hinreißenden Arsch erreichte.

Er kehrte mit einem Erste-Hilfe-Kasten zurück. Anschließend entfernte er mit überraschender Vorsicht ihren Schuh und ihre Socke. Sobald er mit den Fingerspitzen über ihre Haut strich, sehnte sie sich nach mehr von ihm. Als er ihren Knöchel stabilisierte, wunderte sie sich, ob er sie mit einem Zauber belegt hatte. Wandler waren dazu jedoch nicht in der Lage. Oder vielleicht doch?

Nachdem er fertig war, stand er auf. Die Beule in dem Poncho blieb bestehen, so ausgeprägt wie eh und je, und ein Teil von ihr wünschte, dass sie ihn nicht gebeten hätte, sich zu bedecken.

„Danke für deine Hilfe", sagte sie. Mit Freude erkannte sie, dass sie zur Abwechslung mal nicht gestottert hatte.

Seine goldenen Augen glühten auf der schwach beleuchteten Lichtung. „Gern geschehen. Kannst du fahren?"

„Ich d-denke ja." Beim Aufstehen verlagerte sie ihr Gewicht auf das gesunde Bein. Bevor sie jedoch auch nur einen Schritt machen konnte, hob er sie wieder in seine Arme.

„Schlüssel?"

Unbeholfen schob sie die Hand in ihre Tasche und zog den Schlüssel heraus. Er trug sie zur Fahrerseite und stellte sie behutsam ab. Während sie ihr Fahrzeug entriegelte, behielt er weiterhin einen Arm um ihre Taille. Anstatt einzusteigen, wandte sie sich ihm zu und schlang die Arme um seinen Hals. Er hatte sie gerettet. Wahrscheinlich würde sie ihn nie wieder sehen und sie musste es einfach tun, bevor sie der Mut verließ. Sie erhob sich auf die Zehenspitzen ihres unversehrten Fußes und presste ihm einen Kuss auf die Lippen.

Zu ihrer Überraschung legte er eine Hand auf ihren Nacken und drückte sie enger an sich. Seine harte Erektion stupste gegen ihren Bauch und aktivierte die Schmetterlinge. Er schmeckte so gut, seine Lippen weicher, als sie es sich vorgestellt hatte. Er küsste sie genussvoll, schob seine Zunge einmal zwischen ihre Lippen, bevor er sich schließlich zurücklehnte.

Mit ihrem Selbstbewusstsein auf einem Allzeithoch atmete sie zittrig aus und öffnete die Augen. „W-Würdest du mir gerne zum Abendessen Gesellschaft leisten? Das ist das Mindeste, was ich tun kann."

Wow, das war ein langer Satz. Mehr Worte, als sie sonst zusammenbekam. Und sie hatte kaum gestottert.

Zu ihrer Erleichterung zeigte sich ein Lächeln auf seinem Gesicht, das mehr Zähne offenbarte, als das bei normalen Menschen der Fall wäre. Seine Hände lagen noch immer wärmend auf ihren Hüften. „Es wäre mir eine Ehre."

Er hat Ja gesagt! Verlegen und aufgeregt nahm sie hinter dem Lenkrad Platz und schob den Schlüssel in das Zündloch. Ihr zuverlässiger Subaru erwachte zum Leben. Es gab so viel zu tun! Ihr Haus war das reinste Durcheinander und sie musste ihre Bettwäsche waschen. Außerdem war ihr Mascara alle. Sie hoffte, dass die Handelsstation ein wenig an Angebot hatte.

Mit dem Unterarm auf dem Dach ihres Autos machte er nicht gerade den Eindruck, sich von ihr verabschieden zu wollen. Hatte sie etwas vergessen? Sie traf auf seinen Blick und in seinen Augen sah sie die unbändige Begierde. Sogleich reagierte ihre Pussy.

„Wahrscheinlich wäre es mir möglich, dich anhand der verschütteten Katzenminze aufzuspüren, aber es wäre einfacher, würdest du mir deine Adresse verraten, Kätzchen."

Schamesröte breitete sich von ihrem Hals auf ihren Wangen aus. Bisher hatte sich noch nie jemand die Mühe gemacht, sich einen Spitznamen für sie auszudenken. Wenn er sie Kätzchen nannte, würde sie sich am liebsten auf den Rücken drehen, ihm ihren Bauch zeigen und ihm ihre Pussy darbieten. Gott, dieser Mann schaffte es tatsächlich, dass sie nur noch an das Eine denken konnte. Sie stotterte eine Wegbeschreibung heraus. Nach einem Nicken machte er die Autotür zu und ging auf Abstand.

Holprig war der Weg über die Schotterstraße. Im Rückspiegel beobachtete sie ihn, bis er hinter einem Busch verschwand. In dem Moment kam ihr ein Gedanke: *Was essen Pumas?*

7

Adrian sah dem Subaru nach und lauschte den abklingenden Motorlauten, bis er sich sicher war, dass Darcy die Straße erreicht hatte. Mit dem Verlust der verlockenden Katzenminze erlangte er wieder seine Fassung und konnte seine Emotionen beleuchten. Ihr Kuss hatte ihn überrascht und ein Feuer in ihm geschürt, das nur sie löschen konnte. Vorzugsweise würde er das mit ihrer warmen Pussy um seinen Schwanz tun. Er hatte seine Bedürfnisse ein paar Mal mit Menschenfrauen gestillt, eine Gefährtin hatte er aber nie in seinem Leben gesehen. *Sie ist meine Gefährtin.* Sein Puma war sich sicher.

Jedoch behauptete sie, dass sie eine Hexe sei. Konnte ein Wandler eine Hexe für sich beanspruchen? Kreuzungen kamen vor – sein Puma war der beste

45

Beweis dafür. In der Highschool hatte es skandalöse Gerüchte über ein junges Rudelmitglied gegeben, das beim Rummachen mit einem Vampir erwischt wurde. Generell bevorzugten die Übernatürlichen ihre Artgenossen. Eine Gefährtin zu wählen, war weitaus bedeutender als ein Schwarm in der Schule. Zum ersten Mal in einer langen Zeit vermisste er es, nicht zu einem Rudel zu gehören. Er vermisste den Funken in den Augen seines ältesten Bruders, als er seinen jüngeren Geschwistern von obszönen Gerüchten berichtet hatte.

Das war gewesen, bevor Adrian herausfinden musste, dass er anders war. Bevor sich seine Katze gezeigt und dies Adrian in die Einsamkeit geschickt hatte, da er den Einfluss des Rudelalphas nicht akzeptieren konnte. *Und jetzt willst du eine Gefährtin?*

Sein Puma knurrte Zustimmung.

Adrian konnte nur mit dem Kopf schütteln. Es gab vieles, was er an seinem Puma mochte. Sein unberechenbares Verhalten gehörte nicht dazu. Wenn er Darcy erstmal aus seinem Blutkreislauf hatte, würde er sehen, was sein Puma dachte.

Er entfernte den klebrigen Poncho, packte ihn in die Box, die sich hinten auf dem Quad befand und zog stattdessen eine Uniform heraus. Er musste sein Handy und sein Gewehr holen und dann Bericht erstatten. Je schneller er das aus dem Weg hatte, desto früher konnte er zu Darcy gehen.

Auf dem Weg zurück ging er den Abhang herunter und fand die Stelle mit seinen zerfetzten Klamotten. Viel übrig war davon nicht. Er suchte sein Handy, seinen Schlüssel und sein Gewehr zusammen, bevor er sich dem toten Bären näherte. Der Kadaver hatte sich nicht bewegt, lag ausgebreitet zwischen den Büschen, sein brauner Hals war mit Blut durchtränkt. Der moschusartige Gestank des Wandlers war nun noch stärker ausgeprägt, aber er nahm auch etwas anderes wahr, einen aschigen Geruch, der nicht zum ersten Mal an seine Nase trat. *Eine Krankheit?*

Adrian empfand ein tiefes Bedauern bei dem Anblick. Abtrünnige Wandler hatten oft mit einer traurigen Vergangenheit zu kämpfen, bevor sie an diesen Punkt kamen und sich dem Wahnsinn hingaben. Zumeist handelte es sich um Gegebenheiten, die außerhalb ihrer Kontrolle lagen. Er schoss ein paar Fotos und hielt so die weißen Stellen im Fell fest. Eine davon war an seinem Nacken und die andere auf seinem linken

Schulterblatt. Beide befanden sich über Bereichen, bei denen ein gezielter Schuss schnell zum Tod führen würde. Es machte den Anschein, als wäre der Grizzly für den Tod markiert gewesen. Merkwürdig. Hoffentlich waren diese Stellen dazu in der Lage, dass seine Höhlengenossen ihn dadurch schnell identifizieren konnten, um ihm die letzte Ruhe zu erweisen.

Aus Respekt legte er heruntergefallene Äste auf den Körper, um ihn vor neugierigen Blicken abzuschirmen. Anschließend stieg er wieder den Abhang hoch. Oben angekommen entdeckte er nicht weit entfernt eine Ansammlung wilder Rosenwurz. Hatte Darcy nicht danach gesucht? Er erinnerte sich nicht, Pflanzen an ihr gerochen zu haben – abgesehen natürlich von der Katzenminze. Bestimmt würde sie ein paar Wurzeln schätzen, wenn sie selbst keine hatte finden können.

Um sicherzustellen, dass niemand in der Nähe war, sah er sich um, bevor er sich seine Sachen auszog und sich verwandelte. Mit seinen Krallen löste er den steinigen Untergrund um die Pflanzen. Nachdem er ein paar Wurzeln freigelegt hatte, kehrte er zu seiner Menschengestalt zurück und kleidete sich an. Dann stieg er auf seinen Quad.

In seiner Hütte rief er Randall an. „Wir müssen der Forstverwaltung keinen Bericht schicken. Ich habe keine Kugeln benutzt. Du kannst der Höhlengemeinschaft aber ausrichten, dass sie einen Toten zu beklagen haben und ihn bergen müssen."

Es folgte Stille. „Was zum Teufel, Adrian? Du hast dich in deiner Tierform einem ausgewachsenen Grizzly gestellt?"

„Ich habe ihn entdeckt, als er jemanden umbringen wollte." Aus irgendeinem Grund wollte er Darcys Namen nicht ins Gespräch bringen. Seine Gefühle ihr gegenüber waren zu neu; er fühlte sich entblößt und verwundbar. Für den Moment wollte er sie allein für sich haben. Randall musste es reichen, dass er bei dem Abtrünnigen seiner Aufgabe nachgegangen war. „Mit ihm hat eindeutig etwas nicht gestimmt. Er roch und schmeckte nach Asche."

„Du solltest dein Gewehr benutzen. Schließlich wissen wir nicht, was zu dem Ausbruch geführt hat. Du könntest dich infiziert haben!"

Adrian knirschte mit den Zähnen. „Es geht mir gut." Er dachte an den komischen Geschmack, den der Bär in seinem Mund hinterlassen hatte. „Falls sich Symptome zeigen, gebe ich dir Bescheid."

„Sehr witzig, Adrian. Ein Abtrünniger wird sich bestimmt nicht selbst melden, wenn er eine Infektion vermutet. Es werden Fragen aufkommen. Der Rat wird eine Untersuchung fordern."

Was bedeutete, dass es eine Befragung geben würde, für die er in die Kneipe gehen müsste, in der die Wandler ihre Versammlungen abhielten. „Du weißt, wie sehr ich es hasse, die Stadt aufzusuchen."

„Dann kannst du dich mit deinen E-Mails auf den neusten Stand bringen", sagte Randall. „Führe dein Handy immer mit dir, damit ich dich erreichen kann."

„Ja, okay." Im Moment wollte Adrian einfach nur dieses Gespräch beenden, sodass er sich für sein Abendessen mit Darcy zurechtmachen konnte. Mit der Möglichkeit einer Infektion würde er sich später auseinandersetzen. „Oh, und der Grizzly hatte weiße Flecken im Fell, die vielleicht helfen, um ihn zu identifizieren. Ich werde dir ein paar Fotos schicken, die ich mit dem Handy geschossen habe."

„Verstanden." Randall seufzte. „Gut gemacht."

Adrian grunzte und legte auf. Anschließend ging er zu dem Fluss hinter der Hütte, um sich den Kampf mit dem Grizzly vom Körper zu waschen.

8

Darcy ging bei der Handelsstation vorbei, um etwas für das Abendessen zu kaufen. Der kleine Laden hatte keine große Auswahl, aber Karl, der Besitzer, hatte immer auch Fleisch im Gefrierschrank. Männer mochten Fleisch. Pumas sollten Fleisch auch mögen, oder?

Ein Metallregal teilte den Laden in zwei Hälften. Die gelochte Hartfaserwand hinter dem Kassenbereich hielt eine Auswahl aus Werkzeugen und Autoteilen bereit. Auf einer Vitrine mit Kunstwerken von lokalen Künstlern stand die Kasse, neben der Karl die Augen auf ein Buch richtete.

Humpelnd trat sie über die Türschwelle. „Hi, Karl."

Er legte sein Buch zur Seite. „Was ist mit dir passiert, Kleine?"

„I-Ich bin umgeknickt." Sie hielt vor ihm an und sah zu den Gefrierschränken im hinteren Teil des Ladens. „Hast d-du Steaks?"

Karl stand auf und lief zur Tür des Lagerraumes. „Lass mich nachsehen. Ich lagere die teuren Sachen nicht mehr im Laden, weil sie mir ständig gestohlen wurden." Er verschwand durch die Tür.

Darcy lenkte den Blick auf die Hartfaserwand. Sie wollte wissen, wie viel die Schaufel kostete, schaffte es aber nicht, sich wirklich auf das Preisschild zu konzentrieren. *Er hat mich vor einem Bären gerettet!* Die Hexen im Zirkel würden niemals auf die Idee kommen, sich mit einem Wandler anzufreunden, und schon gar nicht würde auch nur einer von ihnen, einen Wandler zum Abendessen einladen. Ein Date. Darcy war nicht in der Lage, Adrians goldene Augen zu vergessen und das Gefühl seiner Lippen, als sie ihn geküsst hatte. Er fand sie eindeutig anziehend. Sein Schwanz war die gesamte Zeit steif gewesen. Das war ein Beweis, den man nicht unter den Teppich kehren konnte. Er hatte sogar Witze über seinen Zustand gemacht, was sie als besonders bezaubernd empfunden hatte.

Sie erinnerte sich, dass sie Mascara brauchte. Also humpelte sie zu dem Regal, wo Karl ein paar wenige Kosmetikartikel präsentierte. Das Glöckchen über der Tür ertönte. Sie hob den Blick zu einer Frau in einer weiten Bluse und langen roten Haaren, die sie in einem geflochtenen Zopf trug. Tante Willow. Sie war es gewesen, die ihr von Hexen und Hexenkunst erzählt hatte. Auch hatte sie es sich zur Aufgabe gemacht, Darcy mit ihrem Stottern zu helfen. Bisher hatte weder ein Zauberspruch noch Sprachtherapie etwas gebracht. An was Darcy gerade kein Interesse hatte, war, in ein Gespräch mit ihrer Tante verwickelt zu werden. Leider war es bereits zu spät.

„Darcy? Was ist mit dir passiert?" Tante Willows Augen landeten auf dem Verband um ihren Knöchel. „Bist du verletzt?"

„N-Nur v-verstaucht." Zwei Wörter und bei beiden hatte sie gestottert. Wenn sie sich mit ihrer Tante unterhielt, schien sich das Problem stets zu verschlimmern.

Ihre Tante näherte sich und spitzte missbilligend die Lippen. „Na ja, das ist nichts, was ein kleiner Zauber nicht wieder hinbiegen kann."

Nach einem flüchtigen Blick zum Lagerraum, in dem Karl noch immer beschäftigt war, lehnte sich Willow vor, berührte mit den Fingerspitzen ihren Knöchel und flüsterte Worte vor sich hin. Der Schmerz in Darcys Fuß verwandelte sich zu Eis und löste sich dann auf, als hätte er niemals existiert.

Ihre Tante erhob sich und verschränkte die Arme unter ihrem ausladenden Busen. „Na bitte. Ganz einfach."

Bei der unterschwelligen Bedeutung schnürte sich Darcys Kehle zu, denn für Darcy war es ganz und gar nicht einfach. „D-Danke."

„Du siehst aus, als wärst du in einem Zoo herumgerollt." Mit ihren roten Fingernägeln zog sie Moos aus Darcys Haaren. „Und du riechst, als wärst du in Pferdescheiße gefallen. Es wundert mich also nicht, dass sich der Zirkel in Bezug auf dich unsicher ist."

Darcy wurde schwindelig. Sie war noch nicht mal zur Prüfung angetreten. „S-Sind sie?"

„Keine Bange. Ich habe ihnen versichert, dass du nicht dem Beispiel deiner Mutter folgen wirst."

Ihre Mutter hatte auch mal zum Zirkel gehört. Noch vor Darcys Geburt hatte sie sich jedoch von ihren Schwestern losgelöst und war nach Anchorage gezogen. Bei der Beerdigung ihrer Mutter war sie ihrer Tante das erste Mal begegnet. Niemand wollte ihr sagen, warum ihre Mutter dem Zirkel den Rücken zugekehrt hatte.

Willow lehnte sich vor und sah über Darcys Schulter, um sicherzustellen, dass Karl noch beschäftigt war. „Wenn du so in der Öffentlichkeit auftrittst, macht mich das zu einer Lügnerin."

Darcy lief feuerrot an. Ihre Tante war entschlossen, den Ruf ihrer Familie wieder herzustellen, indem sie Darcy zu einem Mitglied des Zirkels machte. Darcy hatte furchtbare Angst, sie zu enttäuschen.

Karl kam mit gefrorenem, vakuumverpacktem Fleisch zurück. „Hey, Willow."

Darcy überreichte ihm zwei Zwanziger, nahm die Packungen und ignorierte seinen Ruf nach Wechselgeld, als sie aus dem Laden rannte. Was hatte sie sich nur dabei gedacht? Sie hatte keine Zeit für ein Date. Sie sollte an ihrer Tinktur arbeiten. Allerdings hatte sie kein Rosenwurz. Noch war es hell in Alaska, aber der Regen hatte gestartet und prasselte beim Heimweg gegen ihre Windschutzscheibe. *Gleich morgen früh wage ich einen neuen Versuch.* Dieses Mal würde sie eine richtige Schaufel mitnehmen. Vielleicht könnte sie Adrian davon überzeugen, ihr zur Hand zu gehen.

Vor dem Haus, das sie mietete, parkte sie auf der Kieseinfahrt. Auf dem Weg zur Eingangstür hüpfte sie über Pfützen. Ihre nasse Kleidung roch noch immer nach ihrem Insektenschutzmittel. Bevor sie in die Dusche ging und sich zweimal einseifte, warf sie die Klamotten in die Waschmaschine. Zumindest erinnerten ihre erdbeerblonden Haare nicht länger an einen Wischmopp. Ihr Zusammentreffen mit ihrer Tante beschäftigte sie noch immer. Sie konnte die negative Energie einfach nicht abschütteln.

Weihrauch im Wohnzimmer zu verbrennen, beruhigte ihre Nerven ein wenig, sodass sie die Steaks würzen und die Kartoffeln schälen konnte. Auf ihrer Veranda züchtete sie neben Kräutern auch Salatköpfe. In ihren Crocs ging sie nach draußen und wählte einen Salat. Dabei stellte sie fest, dass der Regen etwas nachgelassen hatte. Irgendwann wollte sie ein Haus mit einem Garten ihr Eigen nennen. Einen Schuppen, in dem sie ihre Kräuter trocknen konnte. Für den

Moment waren ihre Töpfe ausreichend. Einen Strang Rosmarin hob sie unter ihre Nase und entschied, das Kraut für die Steaks zu benutzen.

Das Grummeln eines Motors erregte ihre Aufmerksamkeit. Ein flaschengrüner Ford rollte heran. Adrian? Er parkte und stieg aus seinem Pick-up. So attraktiv und gepflegt sah er aus, mit breiten Schultern, die er in ein weißes Hemd gesteckt hatte. Nackt war er eine Augenweide gewesen, aber … Heilige Göttin, auch in Klamotten sah er zum Anbeißen aus.

Er marschierte auf die Veranda zu und ihr fiel auf, dass er etwas in der Hand hielt. „Hi, Kätzchen.“

Sie liebte den Spitznamen, und wie das Licht in seinen Augen reflektierte, sodass er noch gefährlicher und weitaus anziehender wirkte. „K-Komm rein.“

Den Weg vorgebend schlüpfte sie aus ihren Schuhen und trat in den Eingangsbereich.

Hinter sich schloss er die Tür und schob eine Plastiktüte in ihre Richtung.

Diese akzeptierte sie und wagte einen Blick hinein. Zwei perfekte Wurzeln. Sie entließ einen beeindruckten Laut. „Rosenwurz?"

„Mein Puma wollte dir einen toten Hasen mitbringen." Er löste die Schnürsenkel an seinen abgetragenen Arbeitsstiefeln. „Ich dachte, dass du dich darüber vielleicht mehr freust."

Gerührt presste sie die Wurzeln an ihre Brust. *Göttin, dieser Mann ist zu gut, um wahr zu sein.* Nun konnte sie sich morgen darauf konzentrieren, die Tinktur zuzubereiten, anstatt den Tag damit zu verbringen, im Wald herumzumarschieren. „Du hast mir den Arsch gerettet. Schon wieder. Danke."

Er stellte seine Stiefel neben ihre Crocs und wandte sich ihr zu. „Wenn du das nächste Mal einen Ausflug in den Wald planst, rufst du mich an. Ich werde dich begleiten."

Die Schmetterlinge in ihrem Bauch kannten kein Halten mehr. „Ich w-wette, dass sagst du zu allen Frauen."

Seine Augen glühten in dem Licht, das von dem Wohnzimmer in den Eingangsbereich schien. „Ich rede mit keinen anderen Frauen."

Beschwingt und glücklich trug sie die Wurzeln in die Küche. „Hättest du gerne einen Wein?"

Ein Lächeln zierte seinen Mund und er legte den Kopf auf die Seite. „Keine Katzenminze?"

Unsicher betrachtete sie ihn. „M-Möchtest du Katzenminze?"

Er grinste und schüttelte den Kopf. „Nur ein Scherz. Wein klingt gut."

Gott, er war hinreißend, wenn er lächelte. Ihr blieb regelrecht die Luft weg. Froh darüber, dass sie ihre Konzentration auf etwas anderes lenken konnte, schenkte sie zwei Gläser Wein ein und reichte ihm davon eines.

Er nahm einen Schluck. „Du hast ein sehr schönes Zuhause."

„Danke." Sie befeuchtete zwei Papiertücher und wickelte die Wurzeln darin ein, bevor sie diese in ihr Gemüsefach legte. Morgen würde sie den Zaubertrank zubereiten. Heute Abend hatte sie vor, sich bei dem attraktiven Ranger für seine Hilfe zu bedanken, selbst wenn dafür Smalltalk nötig war. „W-Wohnst du in der Stadt?"

„Nein, ich wohne in einer Hütte im Nationalpark."

„Gibt es dort andere P-Pumas wie dich?"

Ein verbittertes Grinsen zeigte sich auf seinem Gesicht. „So weit ich weiß, bin ich der Einzige."

„Oh." Sie runzelte die Stirn. „Ich dachte, Gestaltwandler leben in Rudeln."

Adrians Lächeln formte sich zu einer Grimasse. „Rudel sind für Wölfe."

Von seinem gruseligen Ausdruck erschrocken sog sie scharf den Atem ein. „T-Tut mir l-leid."

Sein Gesicht verlor an Härte und er seufzte. „Meine Eltern gehören dem Rudel in Gakona an."

„W-Wölfe? Aber du bist ein …" Sie blinzelte verwirrt. „Wie ist das passiert?"

„Wenn eine Blutlinie verunreinigt wurde – wenn es bei den Vorfahren eine andere Wandlerart gegeben hatte –, kann es zu den verschiedensten Wandlern kommen. Der Puma gilt als rezessiv. Das Rudel wollte mich nicht."

„Sie haben dich ausgestoßen?", fragte sie sanft, denn sie wusste genau, wie sich das anfühlte.

Er leckte sich über die Lippen und blickte in sein Glas. „Es ist besser so. Pumas bevorzugen es, allein zu sein."

Darcy nahm einen großen Schluck von ihrem Wein. „Aber du bist hier. Mit mir."

Er hob den Kopf. „Du bist … anders."

Normalerweise bedeutete das etwas Schlechtes. Aus seinem Mund klang es jedoch nach einem Kompliment. „Ich bin n-nicht wirklich eine Hexe. Deshalb brauche ich den Zaubertrank."

Er neigte den Kopf. „Was soll der Trank daran ändern? Ich war immer der Meinung, dass man entweder eine Hexe ist oder eben nicht."

Mit geschlossenen Augen stellte sie sich die Worte vor, bevor Darcy sie aussprach. „Meine M-Mutter war eine Hexe. Auch meine Tante ist eine. Mein Stottern ruiniert meine Beschwörungen. Der Zaubertrank soll das beheben." Göttin, sie hoffte wirklich, dass es half. „Zumindest lange genug, sodass ich die Prüfung des Zirkels bestehe."

„Der Zaubertrank an sich ist doch magisch, oder? Wenn du den herstellen kannst, sollte das Beweis genug sein."

Sie schüttelte den Kopf. „Sie haben für Anwärter bestimmte Tests. Es wird nicht einfach jeder Mensch mit einem Funken Magie in sich aufgenommen."

„Und was wird dir die Aufnahme in den Zirkel geben?"

„M-Mentoren."

„Meinst du Lehrer?" Er zog eine Augenbraue hoch. „Kann die Aufgabe nicht von deiner Tante oder deiner Mutter übernommen werden?"

„M-Meine Mutter lebt nicht mehr. Und meine Tante hat es versucht, aber mein … S-Stottern …" Sie brach den Satz ab und wedelte mit der Hand, als wäre das Erklärung genug.

„Tut mir leid." Sein Blick war auf sie fixiert. Nicht, weil er erwartete, dass sie erneut das Wort erhob, sondern weil er es verstand. Er beendete ihren Satz nicht für sie, nein, er hörte ihr einfach zu und erlaubte ihr, das Tempo vorzugeben. Noch war ihr nicht klar, ob sie so an Selbstbewusstsein verlor oder gewann.

Da ihr die Richtung der Unterhaltung unangenehm war, holte sie die Steaks aus dem Kühlschrank.

„Magst du B-Bar-b-be –" Tief atmete sie ein. „Barbecues?"

Er nickte. „Blutig bitte."

Natürlich. Was anderes hätte sie auch nicht erwartet. Lächelnd trug sie die Steaks auf die Terrasse.

9

Adrian folgte Darcy auf die kleine Terrasse, bewunderte dabei ihre schwingenden Hüften, den hinreißenden Arsch in ihrer Jeans und wie das grüne T-Shirt ihre Kurven in Szene setzte. Sie hatte gemeint, dass sie noch keine Hexe war und doch hatte sie es geschafft, ihn zu verzaubern. Die Prüfung des Zirkels war nicht fair, wenn die Mitglieder sie für ihr Stottern bestraften.

Die Terrasse war nicht groß und zudem gefüllt mit Kräutertöpfen. Auf einem kleinen faltbaren Tisch stand ein Gasgrill. Von hier konnte er ein Stück des Nachbarhauses auf der gegenüberliegenden Straßenseite sehen. Die Bäume erfüllten jedoch ihren Zweck und blockierten die anderen Häuser.

Dennoch musste er zugeben, dass sich die Laute und die Gerüche der Menschen auf seine Sinne überwältigend auswirkten. Nebenan hörte er das Baseballspiel im Fernseher und nicht weit entfernt, hatte gerade jemand einen Rhabarberkuchen aus dem Ofen geholt. Ein Teil von ihm vermisste die Gemeinschaft, aber seinem Puma würde es nicht gefallen, ständig von so vielen Leuten umgeben zu sein.

Darcys köstlicher blumiger Duft vermischt mit den Kräutern auf ihrer Terrasse erdete ihn bei der überwältigenden Reizzufuhr. Während sie den Grill vorheizte, fand er auf dem Geländer einen Platz für sein Weinglas und stellte sich dann hinter sie.

Sie schloss den Deckel, drehte sich um und krachte gegen seine Brust. „Oh!" Ein sinnlicher Mund formte sich zu einem zögerlichen Lächeln. „Tut mir leid."

„Du bist wunderschön, wenn du lächelst." Mit einem Finger schob er ihr eine Strähne aus der Stirn.

Der Beweis der Erregung breitete sich in der Luft aus und ihre blassen, von Sommersprossen bedeckten Wangen erröteten. Er lehnte sich vor und glitt mit den Lippen über ihre. Sie reagierte, indem sie den Mund öffnete und seine Zunge akzeptierte. Er nahm die Einladung an und tauchte in ihre Süße. Mit einer Hand fuhr er zu ihrem Hinterkopf, in ihre Haare und vertiefte damit den Kuss, während seine andere Hand auf ihrer Hüfte ruhte.

Als er genüsslich ihren Mund erkundete, spürte er, wie sich ihre kleinen Nippel gegen seine Brust pressten. Verdammt, er wollte sie nackt haben, sodass er jeden Millimeter von ihr kosten konnte.

Kinderstimmen durchbrachen den ekstatischen Moment, als sie auf ihren Fahrrädern vorbeifuhren. Darcy ging auf Abstand, ihr Blick kurzzeitig auf den Kindern, bevor sie sich wieder dem Grill zuwandte. „Der sollte jetzt h-heiß sein.“

Ging es ihr zu schnell? Er wusste es nicht und es war ihm auch egal. Sicher, er hatte in der Vergangenheit Sex mit Frauen gehabt, sogar mit menschlichen Frauen, um seine Bedürfnisse zu befriedigen, aber noch nie zuvor war er so entschlossen gewesen. Sein Schwanz schrie lauter als sein Magen. Er presste sich gegen Darcys Rücken, bevor sie das Fleisch auf den Grill legen konnte.

Sie sog scharf den Atem ein, ihre Hand über dem Griff verharrend. Sie wölbte den Rücken, als ihr

Hintern seine Erektion bemerkte. Dann lehnte sie sich zurück, bis ihre Schulterblätter mit seiner Brust in Kontakt kamen. Mit flachen Atemzügen wartete sie darauf, was er als Nächstes tun würde.

Gerne kam er ihrer wortlosen Aufforderung nach. Er legte seine Hände auf ihren Brustkorb, glitt nach unten, bis er mit den Fingern ihren Bauch erreichte. So hielt er sie, drückte sie an sich. Ihr Hinterkopf landete auf seiner Schulter, und so erlaubte sie ihm Zugang zu ihrem Hals. Wusste sie, wie unfassbar sexy es war, dass sie sich dem Tier in ihm auf die urtümlichste Weise unterwarf? Seine Fangzähne schmerzten, wollten heraustreten und sich in ihre Schulter bohren. Er senkte den Kopf und fand mit den Lippen die wenige Haut, die ihr T-Shirt für ihn entblößte. Mit der Zunge leckte er und kostete er von ihr.

Ihr gesamter Körper bebte und doch reichte sie mit beiden Händen hinter sich, um seinen pulsierenden Schaft zu lokalisieren. Nach mehr gierend stöhnte er. Sein Becken zuckte nach vorn, sodass ihre Hände über der Stoffhose seine Länge berührten. Sie streichelte über seinen Schwanz, der härter und härter wurde. Er umfasste ihre schweren Brüste und massierte sie durch den BH.

Seine Lippen liebkosten ihren Hals und er stellte sich vor, wie es wäre, sie von hinten zu nehmen. Indessen vernahm er ihre erotischen Laute und als ihre Hände seinen Gürtel in die Finger bekamen, hätte er beinahe zugebissen. *Beherrsch dich. Du bist kein Tier. Nicht nur.* Er würde sie nicht an sich binden. Eine Nacht musste reichen. Etwas Langfristiges war nicht möglich, nicht für einen Einzelgänger wie ihn.

Er schaltete den Grill ab und flüsterte in ihr Ohr: „Ich will dich.“

Sie nickte.

Mehr brauchte er nicht. Er wirbelte sie herum, legte die Hände auf ihre Wangen und küsste sie. Leidenschaftlich und tief. Ihre Zungen führten einen Tanz auf, bis sie ein gieriges Stöhnen entließ. Wieder machten sich ihre Finger an seinem Gürtel zu schaffen. Dieses Mal erfolgreich. Eine Sekunde später sprang seine Erektion heraus und Darcy umfasste ihn mit ihrer Hand.

Sich darüber bewusst, dass sie für alle Augen sichtbar auf der Terrasse standen, packte er ihr Handgelenk. „Wo ist dein Schlafzimmer, Kätzchen?“

Verwirrt blinzelte sie. Dann formte sich ein Lächeln auf ihrem Gesicht. Sie nahm seine Hand und führte ihn ins Haus. „I-Ich dachte schon, du w-würdest nie fragen."

Mit klopfendem Herzen führte Darcy ihn auf dem Weg zu ihrem Schlafzimmer durch ihren Wohnbereich. Sie hatte nicht besonders viel Erfahrung und keiner dieser Männer hatte derartige Gefühle in ihr ausgelöst, wie das Adrian tat. Innerhalb weniger Minuten hatte er es geschafft, sie feucht zu machen und ihr Höschen zu ruinieren. Wahrscheinlich war er sich darüber bereits im Klaren. Sie legte sich auf ihr großes Bett, stützte sich auf ihren Ellbogen ab und öffnete einladend ihre Schenkel.

Seine Zunge glitt über seine Lippen, sodass sie einen Blick auf seine Eckzähne werfen konnte. Diese Zähne sollten ihr Angst machen, aber aus einem ihr unbegreiflichen Grund erregte sie der Anblick nur umso mehr. Seine Gesichtszüge konnten sich nicht entscheiden, ob er in diesem Moment ein Tier oder ein Mann sein wollte. Sie entdeckte Fell an seinem Kiefer und es faszinierte sie. Er war hinreißend.

Über seinem Reißverschluss führte ein Pfad aus feinen Härchen von seinem Bauchnabel zu einer beeindruckenden Erektion, die ihr so noch nie untergekommen war. Sie wollte ihn kosten und so streckte sie die Hand aus, legte sie um seinen Schaft und zog ihn zu sich.

Er grunzte und zuckte mit dem Becken in ihre Richtung. Ihr Daumen und ihr Zeigefinger berührten sich nicht, erkannte sie. Ja, er war groß. Sie glitt mit der Faust zu seiner Eichel, rieb mit dem Daumen über die Spitze und fing einen Tropfen seines Nektars auf. Knurrend – oder hatte er gefaucht? – machte er ihr deutlich, wie sehr er das genossen hatte.

Sie nahm die Eichel in ihren Mund, umkreiste mit der Zunge die samtweiche Spitze. Indessen benutzte sie die andere Hand, um seine Hose nach unten zu ziehen. Er schmeckte männlich und süß. Weit öffnete sie die Lippen, um mehr von ihm aufzunehmen. Es wäre ihr nicht möglich, ihn voll und ganz zu akzeptieren, sodass sie die Hand um seinen Schaft legte und zudrückte.

Stöhnend fuhr er mit beiden Händen in ihre Haare. In dem Versuch, sich davon abzuhalten, hart und tief in sie zu stoßen, zitterte er regelrecht. Sie bearbeitete seine Länge, saugte und leckte, massierte seinen schweren Hoden, bis er ein Knurren entließ und sie schließlich auf ihren Rücken zwang. Am Saum schob er ihr T-Shirt nach oben, glitt mit seiner Hand über ihre erhitzte Haut. In seinen Augen glühte ein ungezähmter Funke und dann senkte er sein Gesicht auf ihren entblößten Bauch.

Tief atmete er ein, entließ den Atem, der sogleich über ihre erhitzte Haut wehte. Sie wimmerte. Seine stoppelige Wange traf mit einem elektrisierenden Gefühl auf ihre Haut. Hitze schoss von ihrem Bauchnabel und fand sich bei ihrer Klitoris ein.

Sie schnappte nach Luft, wölbte ihren Rücken. *Heilige Scheiße, er ist gut.*

Mit seinen riesigen Pranken öffnete er ihren BH und legte sie auf ihre Brüste, während er mit seinem Kinn über ihre Haut kratzte. Sie vernahm ein

Summen von ihm. *Oh, er schnurrt!* Dann leckte er von ihrem Bauch zu ihren Rippen.

Ihre Hände vergruben sich in seinen dicken, goldbraunen Haaren und er stöhnte. Seine Zunge fuhr fort, kostete von ihr, liebkoste sie, machte sie wahnsinnig, bis sie sich verzweifelt unter ihm wand.

Er bewegte sich wieder nach unten, glitt mit den Händen hinter ihren Rücken und hob sie damit zu sich. Jeden Millimeter von ihr erkundete er mit seinen Lippen, seiner Zunge und seinen Zähnen. Die Hitze zwischen ihren Schenkeln sehnte sich nach seinem Mund. Er näherte sich ihrem Hosenbund und knurrte: „Die Jeans muss weg."

Ohne ein Wort zu sagen, stimmte sie ihm nickend zu. *Oh ja! Bitte!* Er konnte tun, was auch immer er wollte, solange er mit der Zunge nicht aufhörte. Nachdem sie von seinen Haaren gelassen hatte, öffnete sie den Knopf ihrer Jeans und senkte den Reißverschluss, während er bereits am Bund riss. Bevor sie wusste, was passiert war, lag sie nur noch in ihrem Höschen unter ihm.

Auch er hatte sich seiner Hose entledigt. Den genauen Moment hatte sie nicht mitbekommen. Sogleich positionierte er ein Knie zwischen ihren gespreizten Beinen und legte beide Hände auf ihre Schenkel. Seine Haut fühlte sich glühend heiß an und sie bebte. Die Wände ihres Geschlechts zogen sich erwartungsvoll zusammen und sie entschied, die Schenkel so weit zu spreizen, wie sie dazu in der Lage war.

Sie war von seiner Erscheinung so eingenommen, dass sie schwer schluckte und sich dann daran machte, ihm das Hemd auszuziehen. „Ich will alles von dir sehen."

Mit Effizienz öffnete er die Knöpfe und zuckte aus dem Hemd. Goldene Haut entblößte sich vor ihren Augen. Seine Muskeln tanzten bei jeder Bewegung, was nur dazu führte, dass sie noch feuchter wurde.

Seine Daumen zeichneten träge Kreise auf ihren Schenkelinnenseiten. Ihr Verstand war wie leergefegt, keinen klaren Gedanken konnte sie fassen. Dann erreichte sie sein Kiefernduft. Sie gierte nach ihm, wie sie noch nie zuvor nach einem Mann gegiert hatte. Sie blickte in seine goldbraunen Augen und ließ sich auf die Begierde ein, die sich in seinen Tiefen widerspiegelte.

Er lächelte, bevor er mit seinen Augen über ihren Körper schweifte und schließlich auf ihrem Intimbereich landete. „Ich werde dich essen."

Alarmiert spannten sich ihre Muskeln an und doch zuckte ihre Hüfte in seine Richtung, als hätte er ihre Pussy berührt.

Mit beiden Daumen glitt er unter den Schritt ihres Höschens, zog einmal daran und riss ihr den Stoff vom Leib. Er zögerte nicht und vergrub sein Gesicht an ihrem Geschlecht. Seine lange Zunge leckte über ihre Schamlippen und schickte eine Lustwelle durch ihren Körper. Sie entließ einen gedämpften Laut, warf den Kopf in den Nacken und fand erneut mit den Händen seine Haare. Er leckte und verwöhnte sie und trieb sie unaufhaltsam einem Orgasmus entgegen.

Sie rieb ihre Pussy an ihm, passte ihren Rhythmus seinen Zungenschlägen an, die er auf ihre Klitoris niederprasseln ließ. Der Druck in ihr baute sich auf. Es grenzte an Schmerz, kam einer Welle gleich, die sie unter die Wasseroberfläche reißen wollte. Im nächsten Moment drang er mit der Zunge in sie ein, erkundete ihren Kanal und rieb über den Punkt, der aus der Welle einen Tsunami machte.

Schreiend explodierte sie. Jedoch ließ er nicht von ihr ab, stieß weiter mit der Zunge in sie, bis er jeden Tropfen ihrer Erlösung aus ihr herausgelockt hatte. Schwer atmend erschlaffte sie auf der Matratze.

Nach einem letzten genussvollen Lecken durch ihre Spalte schob er sich über ihren Körper, bis er auf Augenhöhe mit ihr war. Sie spürte seinen Atem auf ihren Lippen und konnte sich selbst an ihm riechen. Normalerweise würde sie von ihrem eigenen Odeur zurückschrecken, aber vermischt mit seinem Duft, heizte es ihre Begierde erneut an. Sein riesiger Schwanz rieb gegen die Innenseite ihres Schenkels, ein heißer Schaft, von dem sie nicht wusste, ob sie ihn in sich aufnehmen konnte. Oh, aber sie würde ihr Bestes geben, denn nichts wollte sie mehr, als ihn in sich zu spüren.

Sie sah ihm in die Augen und hauchte: „Nimm mich.“

Er knurrte und fand mit seiner geschwollenen Eichel ihren Eingang. So langsam glitt er in sie, dass sie nah dran war, den Verstand zu verlieren. Er füllte sie, dehnte ihre müden Muskeln und bahnte sich auf so erotische Weise einen Weg, dass ihr die Luft wegblieb. Als er bis zum Anschlag in ihr war, schlang sie die Arme um seine schlanke Taille. Seine

Haut fühlte sich wie Samt an. Sie entschied, mit den Händen seine Pobacken zu umfassen und ihm damit zu verstehen zu geben, dass er sich doch bitte bewegen sollte.

Mit den Augen stets auf sie gerichtet zog er sich ein Stück aus ihr zurück, nur um hart in sie zu stoßen. Sie entließ einen Schrei, ritt die Wellen der Lust, als er einen Rhythmus festlegte, der primitiver nicht sein konnte. Rein und raus. Er dehnte, er vereinnahmte sie. Der nächste Höhepunkt erhob sich in ihr und versprach noch beeindruckender auszufallen als der erste.

Einfach perfekt. So perfekt, dass sie sich fragen musste, ob sie träumte. Dann fühlte sie seine Zähne an ihrer Schulter und sie wollte den Schmerz. Sie sehnte sich auf eine Weise danach, die sie nicht erklären konnte, und so legte sie den Kopf auf die Seite.

„Härter", flehte sie.

Fauchend trieb er mit angespannten Bauchmuskeln noch brutaler in sie. Sein Schwanz pochte in ihr, als würde er mit jedem Stoß an Größe gewinnen.

„Oh!", stöhnte sie. Ihr Orgasmus näherte sich. „Ja! Ja, tu es!"

Die Zähne an ihrer Schulter bohrten sich in ihr Fleisch. Der Schmerz, der darauf folgte, war zu erwarten gewesen. Als Überraschung kam die Lust, die sie in neue Höhen katapultierte. Als auch er Erlösung fand, verlangsamte er seine Bewegungen und sie spürte, wie sich etwas Warmes unter ihrem Po sammelte.

Sie saugte Luft in ihre Lungen, während ihr Körper noch immer von Nachbeben durchgeschüttelt wurde. Ihre Haare klebten an ihren Schläfen und der Geruch nach Blut füllte die Luft. Sie hob die Hand und zeichnete mit den Fingerspitzen die Bisswunde nach. Interessanterweise machte es ihr nichts aus.

Er fing ihre Hand ein und hob sie von der Wunde weg, um sie zu begutachten. „Ist das okay für dich?"

Ihre Augen fanden die seinen. Er war wirklich perfekt. „E-Es hat mir gefallen."

„Aber wird es dir auch morgen noch gefallen?" Die Sorgenfalte zwischen seinen Augenbrauen vertiefte sich, was in ihr ein ungutes Gefühl auslöste.

„Was meinst du? Es wird heilen."

„Ich habe dich an mich gebunden", knurrte er. Seine Augen glühten mit einem Licht, das nur als Magie bezeichnet werden konnte.

Ihr Magen drehte sich. Gebunden? Wie bei … Gefährten? „Aber ich bin eine Hexe."

Adrian stand auf, fuhr mit den Fingern durch seine Haare und lief vor ihrem Bett auf und ab. „Fuck."

Sie setzte sich auf und bedeckte sich mit der Decke, während ihr Herz gegen ihren Brustkorb hämmerte und sich der erotische Nebel verzog. Ein Gestaltwandler hatte sie gebissen. Was bedeutete das für ihre eigene Magie? Sie hatte noch nie von einer Wandlerhexe gehört. Soweit sie wusste, konnte man nur eins von beiden sein. „Aber ich will doch eine Hexe werden."

Abrupt stoppte er. Für eine Sekunde starrte er sie an und dann hob er seine Hose auf. „Ich muss gehen."

„W-Warte!" Sie rutschte etwas unbeholfen aus dem Bett und folgte ihm mit der Decke um ihren Körper ins Wohnzimmer. Wie konnte er gleichzeitig laufen und sich anziehen? Er schlüpfte bereits in seine Schuhe! Indessen war es sehr gut möglich, dass sie gleich über die Decke stolperte. „Warum gehst du?"

Er wirbelte zu ihr, sein Ausdruck angespannt und seine Hände an seinen Seiten waren zu Fäusten geballt. „Du bist perfekt und wundervoll, aber du willst mich nicht, und ich kann mir keine Gefährtin nehmen. Ich verspreche, dass ich die Angelegenheit klären werde."

Dann riss er die Tür auf und rannte zu seinem Pick-up.

Darcy presste die Hand über die Wunde an ihrer Schulter. Sie wusste nicht, was sie denken sollte, als sie den quietschenden Reifen seiner Flucht lauschte. Er hatte sie verlassen. Er hatte sie markiert und sie dann verlassen. *Göttin, ich bin so dämlich.* Nur weil er ihr Leben gerettet und ihr Geschenke gebracht hatte, bedeutete das doch nicht, dass sie ihm mit ihrem Körper vertrauen konnte. Oder ihrem Herz.

Sie schloss die Tür und ging in das Badezimmer. Das Blut, das langsam über ihre blasse Haut rann, schrie regelrecht, dass sich etwas verändert hatte. Es war nicht so viel Blut, wie sie nach einem Biss erwartet hätte. Sie nahm sich einen Waschlappen und reinigte die Wunde. Es blutete nicht nach, würde aber mit Sicherheit eine Narbe hinterlassen. *Eine Markierung.* Wie sollte sie das ihrer Tante beibringen?

Wandler und Hexen gaben sich nicht miteinander ab. Das war einfach so. Würde der Zirkel sie akzeptieren, wenn die Mitglieder von der Markierung erfuhren?

Sie schloss die Augen und suchte in ihr nach einem Hauch von Wandlermagie. Wie würde sich das anfühlen? Sie wusste, dass sie zu einem Gletscher gehen und von einer magischen Quelle trinken musste, um eine Tierform annehmen zu können. Sie fragte sich jedoch, ob sie es fühlen würde, wenn ein Tier in ihr schlummerte. Sie stellte sich eine edle, goldfarbene Pumadame vor. Sie fühlte allerdings keine Veränderung in sich. *Sogar Wandlermagie mied ein stotterndes Mädchen wie mich.*

Sie knirschte mit den Zähnen, blickte in den Spiegel und wiederholte die Worte, die ihr von ihrem Sprachtherapeuten mit auf den Weg gegeben worden. „Kein n-negatives Gerede. Nur selbstbestätigende Worte."

Adrian meinte, dass er das ... Problem regeln würde. Konnte man den Biss entfernen? War das nicht der Fall, musste sie eine Möglichkeit finden, die Wunde zu verstecken. Das sollte nicht schwierig sein. Dies war Alaska. Die Kälte und die Insekten machten es unmöglich, den ganzen Tag in winzigen

Sommerkleidern herumzurennen. Der Zirkel würde es niemals erfahren.

Was sie etwas verwirrte: Sollte diese Verbindung ein Paar nicht näherbringen? Adrian war so schnell aus ihrem Haus verschwunden, dass sie bezweifeln musste, dass er Gefühle für sie hatte, die über einen One-Night-Stand hinausgingen.

In dem Fall spielte es auch keine Rolle, wie leer und allein sie sich ohne ihn fühlte.

Adrian hatte kein Rudel oder eine Höhlengemeinschaft, an die er sich für einen Rat wenden konnte. Abgesehen von Randall, den er gerne auf Abstand hielt, gab es nur zwei Gestaltwandler, die er persönlich kannte: seine Eltern in Gakona. Sie waren jedoch die Letzten, denen er sich anvertrauen wollte. Um den Bund rückgängig zu machen, blieb ihm aber keine andere Wahl. Wenn das überhaupt möglich war.

Er nahm eine Kurve auf der schlammigen Straße. Zwischen den Bäumen erblickte er immer wieder abgelegene Häuser, Gärten mit verlassenen Fahrzeugen und Hühnerställen …

Gott, ich hab es wirklich versaut. Er hatte Darcy nicht beißen wollen. Als sie ihn mit ihren Worten angefeuert hatte, sie härter zu nehmen, hatten seine Instinkte die Führung übernommen. Sein Puma wollte sie, hatte sie für sich beanspruchen wollen und hatte dabei Adrians Warnung vollkommen ignoriert. Wie ein ungezähmtes Biest hatte er in sie gehämmert und seine Zähne hatten sich gezeigt. Nun konnte er nur daran denken, sie erneut zu berühren, von ihr zu kosten und sie die ganze Nacht in den Armen zu halten. Dieser Instinkt würde nicht lange anhalten. *Ich kenne mich.* Irgendwann würde er Abstand wollen. Er war nicht besonders gesellig.

Hinzu kam, dass sie eine Hexe war – na ja, sie wollte eine sein.

„Scheiße, scheiße, scheiße." Er schlug gegen das Lenkrad. Er hatte ihr Leben versaut! Wenn es möglich war, den Bund rückgängig zu machen, musste er das sofort in Erfahrung bringen, bevor er permanent wurde.

Er parkte auf der gegenüberliegenden Straßenseite der elterlichen Einfahrt und blickte auf die schmale Straße, die zu einem hellgelben Gebäude im Farmhausstil führte. In den letzten Jahren war er immer mal wieder vorbeigefahren. Auch heute entdeckte er die orangene und gelbe Kapuzinerkresse, die sich über die Kästen an der Veranda ergoss. Dann fiel sein Blick auf die violetten Spitzenvorhänge an den großen Wohnzimmerfenstern. Was, wenn sie ihn abwiesen?

Seit er im Alter von fünfzehn herausgefunden hatte, dass er ein Puma war und er nach Anchorage zu einem Löwenrudel geschickt worden war, hatte er nicht mehr mit seiner Familie gesprochen. Ein Bootcamp für eigenwillige Wandlerteenager hatten sie es genannt. *So ein Scheiß.* Er war kein Löwe. Er war ein Puma! Seine Eltern hatten nicht mal diesen Unterschied akzeptieren wollen. Damit waren es schon zwei Rudel, denen er sich nicht zugehörig gefühlt hatte. Nachdem er für ein paar Wochen das Mobbing des Alphas ertragen hatte, war er weggerannt.

Die darauffolgenden Jahre hatte Adrian auf der Straße gelebt, war den Mitarbeitern des Jugendamtes aus dem Weg gegangen und hatte in der Job- und Stellenbörse Seminare besucht. Sein Lehrer war ein Gestaltwandler gewesen, ein Schwarzbär, der Adrians Bedürfnis nach Einsamkeit nachvollziehen konnte. Er hatte Adrian dabei geholfen, an einen Abschluss zu kommen und ihn dann mit achtzehn zu seinem derzeitigen Job geführt.

Adrian atmete tief ein, stieg aus und lief angespannt zu der Eingangstür seiner Eltern. Er sprang über den Riss im Beton, von dem sein Bruder und er immer gesagt hatten, dass es Unglück brachte, wenn man drauftrat. Die innere Tür stand offen und der Duft von dem berühmten Auflauf seiner Mutter trat an seine Nase.

Seine Hand zögerte auf der Türklinke. *Das ist nicht mehr mein Zuhause.* Er konnte nicht einfach eintreten. Er gehörte hier nicht hin.

Ein vertrauter Umriss zeigte sich hinter dem Fliegengitter und sein Vater krächzte emotionsgeladen: „Adrian?“

Sein Vater trug seine State-Trooper-Uniform, seine Haare nun grau, aber noch immer mit derselben gepflegten Frisur, die er schon so lange hatte, wie sich Adrian erinnern konnte.

Adrians Kehle schnürte sich zu. „Hi, Dad.“

„Du hast also endlich entschieden, uns einen Besuch abzustatten.“

„Ich …" Er schluckte an dem Kloß in seinem Hals vorbei. „Ich brauche deine Hilfe."

„Geht es um den abtrünnigen Grizzly von heute?"

Adrian erstarrte. „Davon hast du gehört?"

„Randall hält die Wandler auf der Wache auf dem Laufenden."

Natürlich. Wrangell-St. Elias grenzte an dem Revier des Rudels seiner Eltern. Adrian hatte nur nicht erwartet, dass Randall in Kontakt mit seinem Vater stand. Das sollte ihn nicht überraschen. Die Gestaltwandler, die für den Bundesstaat arbeiteten, waren vernetzt wie ein eigenständiges Rudel und dabei spielte es keine Rolle, welches Tier sie repräsentierten. Auf diese Weise blieben alle Gemeinden auf dem neusten Stand.

Allerdings hatte er jetzt keine Zeit für Groll oder Privatsphäre. Adrian brauchte Antworten. „Der Abtrünnige ist nicht der Grund, warum ich gekommen bin."

„Wir wollten uns gerade zum Abendessen hinsetzen." Sein Vater öffnete die Fliegengittertür und rief über seine Schulter: „Alice! Komm und sieh dir an, wer auf einen Besuch vorbeigekommen ist!"

Erstarrt verharrte Adrian auf der Veranda. Es fühlte sich an, als wäre er zehn Jahre in der Zeit zurückgereist, als wäre er wieder ein fünfzehnjähriger Teenager, der darauf wartete, fürs Schulschwänzen oder einen Kampf bestraft zu werden. Wie sollte er den beiden erzählen, dass er es erneut versemmelt hatte? „Ich kann nicht bleiben."

Seine vollschlanke Mutter schob seinen Dad aus dem Weg und schlang die Arme um Adrians Hals. „Adrian! Wir haben dich bereits vor Ewigkeiten erwartet."

War sie schon immer so winzig? Er tätschelte unbeholfen ihren Rücken. „Ihr habt mich erwartet? Was meinst du damit?"

Hinter seinen Eltern erschien Kepler mit einem unleserlichen Ausdruck. Sein Bruder trug eine abgetragene Jeans und ein schwarzes T-Shirt auf dem RTFM stand. „Uns wurde gesagt, dass du im Nationalpark wohnst."

Adrian fühlte sich schuldig. Als die beiden Jüngsten hatten sich Kepler und er immer gut verstanden. Seit er wieder in der Gegend war, hatte er öfter mal überlegt, zu ihm zu gehen. Nur hatte er nicht gewusst, was er sagen sollte, und je mehr Zeit verging, desto unangenehmer fühlte sich der Gedanke an, Kepler aufzusuchen.

Angespannt nickte er seinem Bruder zu. „Siehst gut aus, Bruder."

„Komm rein und iss mit uns." Seine Mom umfasste seine Hand und zerrte ihn in das Esszimmer mit dem Holztisch, an dem er als Kind schon seine Hausaufgaben gemacht hatte. Sie zog den Stuhl zurück, an dem er auch damals immer gesessen hatte, und sah ihn mit Freudentränen in den Augen an. „Ich bin so froh, dass du hier bist."

Adrian nahm Platz, während seine Mutter einen weiteren Teller für ihn holte. Er wusste nicht, was er von der herzlichen Begrüßung halten sollte. Schließlich wurde er von ihr und seinem Vater weggeschickt. Sie hatten keinen Puma in ihrer Familie haben wollen. Und jetzt taten sie so, als wäre er der verlorene Sohn.

„Wieso bist du hier?" Kepler nahm gegenüber von ihm Platz und verschränkte die Arme. „Es ist ja wohl offensichtlich, dass du mit uns nichts zu tun haben willst."

Adrian sah seinem Bruder in die Augen. „Es tut mir leid, dass ich dich nicht angerufen habe, Kepler, aber ich war hier nicht willkommen."

Seine Mutter schnappte nach Luft. „Warum sagst du das?"

Unter dem Tisch ballte Adrian seine Hände zu Fäusten und fühlte, wie sich seine Krallen ausfuhren. Was gab es daran nicht zu verstehen? „Ihr habt mich zu den verdammten Löwen geschickt!"

Die Augen seiner Mutter füllten sich mit Tränen, die nichts mit Freude zu tun hatten. „Du hast unser Rudel gehasst. Wir wollten dir nur andere Möglichkeiten aufzeigen."

„Auch mit einer Bärengemeinschaft habe ich gesprochen", warf sein Vater ein. „Ich dachte aber, dass du dich bei Raubkatzen wohler fühlen würdest, obgleich sie nicht zu deiner Art gehören. Es gab keine Pumas, die dir als Mentor dienen konnten."

„Es war nicht so einfach", fügte seine Mutter hinzu. „Dir ist wahrscheinlich nicht mal bewusst, wie viele Verbindungen dein Vater hatte spielen müssen, um dir Zeit in der Jugendstrafanstalt zu ersparen."

Wie oft war er suspendiert worden, weil er in der Schule Kämpfe angezettelt hatte? Schon damals war Adrian stur gewesen und hatte gemacht, was er wollte. Regeln waren ihm dabei egal gewesen. Als er dann unter Menschen gelebt hatte, war er gezwungen gewesen, seine Aggressionen in den Griff zu bekommen. Wirklich gelungen war ihm das aber erst, als er die Distanz gesucht hatte. Sogar jetzt wiesen ihn seine Instinkte an, aufzustehen und zu fliehen. *Ich bin nicht hier, um über meine Vergangenheit zu sprechen.* Es gab etwas Wichtigeres, das ihm auf dem Herzen lag. „Das schätze ich. Wirklich. Allerdings bin ich heute hergekommen, weil ich wissen muss, ob es eine Möglichkeit gibt, einen Gefährtenbiss zu entfernen."

Seine Mutter schnappte nach Luft und ihre Augen glühten vor Begeisterung. „Du hast eine Gefährtin gefunden?"

„Warum willst du den Bund rückgängig machen?" Sein Vater zog verwirrt die Augenbrauen zusammen.

Adrian seufzte. „Ich habe einen Fehler gemacht und jetzt muss ich das Problem bereinigen."

„Wieso war es ein Fehler?"

„Sie ist ... kein Gestaltwandler." Diese Beichte war ihm so unangenehm, dass er rot anlief.

Als wäre er noch ein unbeholfenes Kind, packte seine Mutter seinen Teller mit Auflauf voll. „Gestaltwandler oder nicht, wenn dein Tier sich für sie entschieden hat, dann ist sie die Eine. Es ist Schicksal, Adrian. Machst du dir sorgen, dass sie kein Löwe ist?"

„Ich bin ein Puma", korrigierte er. Adrian wollte keine Fragen beantworten, sondern sehnte sich einfach nach einer schnellen Lösung. Seine Familie musste immer alles totdiskutieren. Sie würden versuchen, ihn davon zu überzeugen, dass seine Entscheidung falsch war. Aber er lag nicht falsch und er hatte keine Zeit für eine Diskussion. „Ich will nicht, dass sie ein Wandler wird. Ich kann mir keine Gefährtin nehmen."

Kepler fauchte: „Du kannst dich nicht einfach von einer Gefährtin loseisen, so wie du es mit deiner Familie getan hast. Das ist eine heilige Verbindung!"

„Das reicht." Dad versuchte, die Spannung etwas herauszunehmen. „Lass uns an den Anfang zurück. Wenn dein Puma sie ausgewählt hat, warum bestehst du dann darauf, dass sie nicht deine Gefährtin ist?"

„Eine nervige Frau ständig an meiner Seite zu haben, würde mich in den Wahnsinn treiben. Der Umgang mit Menschen bekommt mir nicht. Ich ertrage ja kaum meine eigene Gesellschaft."

„Ist sie denn nervig?", fragte sein Vater.

Adrian erkannte, dass er Darcy falsch darstellte. Sicher, er hatte ihr aus einer schwierigen Situation geholfen, aber als nervig würde er sie nun wirklich nicht bezeichnen. Er bewunderte, wie sie ihr Ziel verfolgte, bei den Hexen aufgenommen zu werden, obwohl die Voraussetzungen dämlich waren. Das konnte er seiner Familie allerdings nicht sagen. Schlimm genug, dass er eine Menschenfrau für sich beansprucht hatte. Er glaubte nicht, dass er ertragen könnte, was seine Familie über eine Hexe dachte.

Er nahm seine Gabel und schob Elchfleisch über seinen Teller. „Ich mag meine Privatsphäre. Ich habe einen Fehler gemacht."

Kepler funkelte ihn von der anderen Seite des Tisches an. „Schon mal darüber nachgedacht, dass der Fehler darin besteht, dass du weggerannt bist? Schon wieder?"

Die Worte seines Bruders schmerzten, aber Adrian plante bereits, mit ihm die Wogen zu glätten. Gleich nachdem er die Sache mit Darcy aus der Welt geschafft hatte.

Die Hand seiner Mutter landete auf seinem Arm. „Auch Pumas sind nicht dazu bestimmt, ihr ganzes Leben allein zu bestreiten. Okay, du magst also keine Gesellschaft, aber eine Gefährtin ist so viel mehr. Es ist wichtig, dass ihr gemeinsame Ziele habt, Kompromisse eingehen könnt und auch mal zurücksteckt, wenn der Partner eine Schulter zum Anlehnen braucht. Gib dem Bund eine Chance.“

Er stand auf und ihre Hand löste sich von seinem Arm. Wie in einem Käfig marschierte er durch das kleine Esszimmer. Er wollte die Zeit zurückdrehen. Sein Puma jedoch sehnte sich nach Darcy. Fuck, irgendwie musste er sie aus seinem Verstand verjagen. „Sie will kein Gestaltwandler sein. Ich habe es verkackt. Ich muss den Bund rückgängig machen.“

Ein wissender Ausdruck erschien auf dem Gesicht seines Vaters. „Bist du dem Bund dermaßen abgeneigt, weil du wirklich keine Gefährtin möchtest? Oder liegt es an deinem Instinkt, deine Gefährtin vor jeglichen Gefahren zu beschützen?“

Stirnrunzelnd setzte Adrian seinen Marsch durch das Zimmer fort. Woher sollte er das denn wissen? Es fühlte sich an, als steckte ein Widerhaken in seinem Herzen. Es würde nicht viel Kraft von Darcy in Anspruch nehmen, um ihn an ihre Seite zu ziehen.

Sein Vater folgte seinen Bewegungen mit den Augen. „Sie muss nicht zu einem Gestaltwandler werden. Einmal gebissen, kannst du den Bund allerdings nicht rückgängig machen. Er kann nur durch einen anderen ersetzt werden."

Abrupt kam Adrian zu einem Halt. Seine Krallen und seine Fangzähne stießen hervor. Der Gedanke allein, dass Darcy mit einem anderen zusammenkommen könnte, ließ ihn vor Wut schäumen. Er bewältigte flache Atemzüge und schaffte es nur, mit einem Knurren auf diese Bemerkung zu antworten.

„Okay, hör zu, Sohn", fuhr sein Vater fort. „Du bist für einen Ratschlag gekommen. Ich rate dir also, ihr eine Chance zu geben. Vielleicht überrascht sie dich. Vielleicht überraschst du dich sogar selbst."

Adrian starrte auf seine Füße, auf das ineinandergreifende Muster des Bodens. In dem

Moment erkannte er, dass das Linoleum ausgetauscht wurde, seit er das letzte Mal einen Fuß in dieses Haus gesetzt hatte. Wäre er dazu fähig, dem Bund eine Chance zu geben? Er hatte sie gebissen und hatte damit ihr Leben für immer verändert. Er rieb sich über die Stirn. So wie er sie zurückgelassen hatte, bestand die Möglichkeit, dass sie nie wieder etwas mit ihm zu tun haben wollte.

„Sie muss nicht zu einem Wandler werden?" Das war keine Frage, sondern einfach der Versuch von Adrian, seine Fassung zurückzuerlangen.

„Solange sie nicht von der Quelle trinkt, bleibt sie, wie sie ist. Das Einzige, was sich verändert hat, ist, dass ihr jetzt miteinander verbunden seid."

Kepler verschränkte die Arme. „Adrian gehen Verbindungen dieser Art doch am Arsch vorbei."

Mit einem Blick auf Kepler erkannte Adrian, dass er im Begriff war, Darcy das Gleiche anzutun, was er auch seinem Bruder angetan hatte. Er ließ jemanden, der ihm viel bedeutete, im Stich. Ob Darcy ihn nun wollte oder nicht, er war mit ihr verbunden. Er war nun ein Teil ihres Lebens. „Also gut. Ich gebe dem Bund eine Chance."

Mit vom Weinen geschwollenen Augen rollte Darcy in ihrem Bett auf die Seite und starrte auf den Sonnenaufgang, der heute eine Myriade aus Farben bereithielt. *Er hat sich nicht mal für den Abend bedankt.* Natürlich kannte sie Adrian nicht wirklich gut. Einfach zu verschwinden, wie er es getan hatte, passte jedoch nicht zu dem Mann, der sie so heldenhaft gerettet und ihr dann Geschenke mitgebracht hatte. Nicht alle Gefährten waren vorbestimmt, das wusste sie, aber aus irgendeinem Grund fühlte es sich mit Adrian richtig an, besonders und nicht wie ein Versehen oder ein Fehler.

Auf dem Kissen drehte sie ihren Kopf unkontrolliert von rechts nach links. Ohne ihren wunden

Intimbereich und den Schmerz in ihrer Schulter müsste sie annehmen, dass sie sich Adrian nur eingebildet hatte. Ein heißer, bewusstseinserweiternder Traum. Sie musste davon ablassen. Er hatte das anscheinend bereits.

Die beste Chance, ihn zu vergessen, hatte sie, indem sie sich beschäftigte. Sie hatte ohnehin viel zu tun. Für ihre anstehende Prüfung musste sie ihren Zaubertrank vorbereiten. Sie warf die Bettdecke von sich und zog sich eine alte Jogginghose und ein T-Shirt an.

In ihrer Küche zog sie ihren Mörser und den Stößel hervor. Dann folgte ein Gasbrenner, den sie für die Destillation brauchte, und mehrere Bechergläser und Kolben. Bei ihrem ersten Versuch fiel die Grundlage des Trunks schlammig aus. Die Zielfarbe war jedoch ein vollendetes Gold. Sie entließ einen zittrigen Atem. *Konzentriere dich.* Es musste perfekt werden – für Fehler hatte sie keine Zeit. Sie warf alles in den Müll, säuberte die benutzten Gefäße und fing von vorne an.

Ihr zweiter Versuch war zu heiß geworden und hatte das Becherglas zerstört, sodass kochende Flüssigkeit auf ihre Arbeitsfläche geschwappt war. Schnell sprang sie nach hinten, um nicht vollgespritzt zu werden. Leider fiel daraufhin ein Gefäß mit Perlenstaub herunter. Der feine, weiße Inhalt landete auf dem Linoleumboden und vermischte sich mit der ruinierten Tinktur und den Glasscherben.

„Scheiße, scheiße, scheiße!" Sie brauchte Perlenstaub für den Zaubertrank.

Ein abartiger Gestank aus Ozon und brennendem Kompost erhob sich von dem Chaos auf dem Boden. Göttin, ihre Nachbarn würden wahrscheinlich gleich bei der Polizei anrufen und behaupten, dass sie Crystal Meth kochte. Hastig öffnete sie ein Fenster und ließ die kühle Morgenluft herein. Auch die Tür entschied sie, aufzumachen. Als sie das tat, schnappte sie nach Luft. Adrian saß auf den Stufen und stützte sich mit den Ellbogen auf seinen Schenkeln ab.

Er hob den Kopf und fand ihren Blick. „Hey."

Er ist zurückgekommen!

Mit einem gelassenen Ausdruck betrachtete er sie. Er war noch immer so hinreißend wie in ihrer Erinnerung, mit seiner goldbraunen Haut und den breiten Schultern. Verlegen sah sie auf ihre alte

Jogginghose und dann wieder zu ihm. „W-Wie lange sitzt du schon h-hier?"

Geschmeidig und anmutig, als würde er von magischen Fäden angehoben, stand er auf. Seine goldenen Augen funkelten mit Entschlossenheit und ihr Herz vollführte einen Salto. „Ich wollte dich nicht stören. Darf ich dich zum Frühstück einladen?"

Die Schutzmauern um ihr Herz bröckelten. Er wollte mit ihr frühstücken? Die Einladung erinnerte sie an den Adrian, den sie erst gestern zum Abendessen eingeladen hatte. Hatte er eine Möglichkeit gefunden, den Bund aufzulösen? Ihre Kehle schnürte sich zu, aber sie nickte. „Ich z-ziehe mich nur schnell um."

Bei einem Blick in das Haus verzog er das Gesicht zu einer Grimasse. „Ich warte hier draußen."

Sie ließ die Tür auf und wechselte in eine türkise Bluse mit einem hohen Kragen, sodass die Wunde versteckt wurde. Dazu zog sie sich einen passenden langen Rock an. Anschließend folgte sie Adrian zu seinem Pick-up.

Wie ein Gentleman öffnete er ihr die Tür und stellte sicher, dass ihr Rock im Fahrzeug war. Ein wenig zu lange verharrte dabei seine Hand an ihrer Wade. Schmetterlinge erwachten in ihrem Bauch zum Leben, als sein Blick über ihren Körper schweifte und er schließlich auf ihre Augen traf. „Ich gehe selten essen. Hast du einen Vorschlag, wo wir hingehen könnten?"

Sie führte ihn zu einem kleinen Café, das sich in der Gegend großer Beliebtheit erfreute. Es war noch winziger, als die Lodge, die von den Touristen bevorzugt wurde, und sie nahm an, dass er weniger Verkehr schätzen würde. Nach dem Essen hätte die Apotheke gleich nebenan offen. Dort konnte sie mehr Perlenstaub kaufen.

Die Sonnenstrahlen des Morgens fielen durch die Fenster des Cafés auf die vier leeren Tische. Ein alter Mann mit gerade einmal drei Haaren auf dem Kopf saß neben der Kasse, eine Zeitung vor ihm ausgebreitet und einen Kaffee in der Hand. Die dunkelhaarige Kellnerin wischte den Tresen ab. Ihr Mascara machte den Eindruck, als hätte sie nach der letzten Party ihr Make-up noch nicht entfernt. „Setzt euch hin, wo ihr wollt. Ich bin sofort bei euch."

Adrian nahm ihre Hand und führte sie zu dem Tisch neben dem Hinterausgang. Die kleine Geste sollte sie nicht so glücklich machen, wenn man bedachte, dass er ihr gleich sagen würde, wie er plante, den Bund zu lösen. Dennoch schaffte es seine Berührung, ihr ein Lächeln zu entlocken. Sie setzte sich hin. Indessen glitt er auf den Stuhl gegenüber von ihr und nahm die laminierte Speisekarte zur Hand. Ohne ein Wort zu sagen, las er das Angebot, während Darcy über den Rand ihrer eigenen Speisekarte immer wieder zu ihm sah. Trafen sich ihre Blicke, meldeten sich die Schmetterlinge in ihrem Bauch. Mit jeder Minute, die verging, fühlte es sich weniger wie ein Schlussmachen an. Nein, diese Situation erinnerte eher an ein Date. *Ist es ein Date?*

Die Kellnerin schenkte ihnen Kaffee ein, und dann bestellten sie beide ein Omelett mit Speck und Käse. Darcy war sich nicht sicher, ob sie essen konnte, aber Kaffee klang gut.

Adrian reichte ihr eine kleine Kanne. „Milch?"

„Ja, danke."

Er schüttete eine großzügige Menge in ihre Tasse und benutzte den Rest für sich. Ihren Blick meidend vertiefte er sich wieder in die Speisekarte. Seine Nervosität stimmte mit ihrer überein. Diese

Erkenntnis fand sie liebenswert. Vielleicht wollte er wirklich nicht Schluss machen. Mit neuem Selbstbewusstsein streckte sie den rechten Fuß aus, bis er unter dem Tisch in Kontakt mit seinem trat.

Seine Augen trafen auf ihre und in seinen goldenen Tiefen sah sie die Begierde. Konnte es sein, dass sie gerade Zeuge des Gefährtenbundes wurde, den sie heute Morgen noch vermisst hatte? Sie kannten sich kaum und doch fühlte sich ihre Seele zu ihm hingezogen. Normalerweise war sie nicht besonders gesprächig, aber es gab nur einen Weg, um diese Sache zu klären.

Tief atmete sie ein und fragte: „K-Können wir jetzt darüber reden, was letzte N-Nacht passiert ist?"

„Es tut mir leid, aber es gibt keine Möglichkeit, den Biss zu entfernen."

Okay, damit hatte sie ihre Antwort. Zittrig atmete sie aus und sie musste zugeben, dass sie nicht … traurig darüber war. Zumindest war er zurückgekommen und hatte ihr die Wahrheit gesagt.

Stoisch stellte er seine Tasse ab. „Eins solltest du wissen: Ich habe kein Talent dafür."

„Was meinst du?", presste sie heraus.

Seine Augen trafen auf ihre. „Beziehungen."

Ihr Herz setzte einen Schlag aus. *Er will eine Beziehung? Mit mir?* Noch nie hatte das jemand zu ihr gesagt. Ein warmes Gefühl breitete sich in ihr aus. „Sich beim Frühstück zu unterhalten, ist doch ein g-guter Anfang."

„Ich bin gerne allein." Er sagte es, als erwartete er, dass sie nun aufstand und ihn hier sitzen ließ.

Wenn sie daran dachte, wie oft sie allein war, um für die Prüfung des Zirkels zu lernen, fiel ihre Reaktion jedoch ganz anders aus. Sie zuckte mit den Achseln und sagte: „Ich auch."

„Mit Sicherheit werde ich dich mit meiner Art wahnsinnig machen."

Langsam befürchtete sie, dass er sein ganzes Leben missverstanden wurde. Das machte ihn im Umgang mit anderen Menschen natürlich argwöhnisch. Um nicht verletzt zu werden, teilte er zuerst aus. Sicher, es hatte geschmerzt, dass er ihr Haus so hastig verlassen hatte. Allerdings war er zurückgekommen und das rechnete sie ihm hoch an. „Ich bin d-dickköpfig."

„Ich will nicht in der Stadt wohnen." Seine Stimme hob sich am Ende des Satzes, sodass es nach einer Frage klang.

Jetzt verstand sie. Er testete Grenzen. *Wie oft in seinem Leben wurde er schon abgelehnt?* „Ich habe k-kein Interesse daran, dich zu ändern, solange du mir die gleiche Ehre erweist."

Ein kleines Lächeln huschte über seine Lippen. „Hast du für alles eine Antwort, Kätzchen?"

Sie grinste. Sein Spitzname für sie gefiel ihr. Dann erlosch ihr Grinsen. Die Sache mit dem Biss musste noch besprochen werden. War es ein Versehen gewesen? Oder hatte er es getan, weil es eine wahre Verbindung zwischen ihnen gab? Wenn sie sich auf eine Beziehung mit ihm einlassen wollte, musste sie zuerst alle Informationen zusammentragen. „Warum hast du mich gebissen?"

Mit einem ernsten Ausdruck sah er sie an. „Mein Puma hält dich für seine Gefährtin."

Funken sprangen über ihren Rücken. „Bin ich das?"

Ein Muskel in seinem Kiefer zuckte und sein ganzer Körper spannte sich in Vorbereitung auf eine Flucht an. Dann keilte er mit seinen Füßen ihren rechten unter dem Tisch ein. „Ja."

Sein Ausdruck wirkte unsicher. Erwartete er, dass sie kein Interesse an einer Verbindung mit ihm hatte? Die vielen furchtbaren Dinge, die der Zirkel über Gestaltwandler in den Mund genommen hatte, spielten sich in ihrem Verstand ab. Sie lagen falsch. Adrian war liebenswürdig und stark und klug. Sie wollte mit ihm zusammen sein. Sie wollte aber auch eine Hexe sein. „Ich denke nicht, dass ich eine Hexe und ein W-Wandler sein kann. Nur eine Art Magie ist möglich."

„Du musst nicht zum Wandler werden, wenn du das nicht willst. Sei, was du sein möchtest. Sei, was dich glücklich macht."

Was aber, wenn es ihr Schicksal war, seine Gefährtin zu sein? Sie fühlte sich mit Adrian auf eine Weise verbunden, die sie so noch nie erlebt hatte. Er beendete nicht ihre Sätze für sie, wenn sie stotterte. Auch war er niemand, der ständig die Stille füllen musste. Und der Sex – oh der Sex! – konnte nicht besser werden als die Erfahrung der letzten Nacht.

Dann dachte sie daran, was ihre Tante zu der Angelegenheit zu sagen hätte. „Der Z-Zirkel verachtet G-Gestaltwandler."

Seine Füße zogen sich von ihr zurück und er senkte den Blick auf seine Kaffeetasse, die er mit jeder Sekunde, die verging, fester umklammerte. „Ich verstehe." Er zog seine Geldbörse aus seiner Gesäßtasche. „Womöglich kennen deine Hexenfreunde einen Weg, um den Bund rückgängig zu machen."

Wären die Hexen dazu in der Lage? Selbst wenn es so wäre, wollte sie eine Zukunft mit ihm aufgeben? Er hatte vielleicht die Flucht ergriffen, aber dann war er zurückgekommen. Das bedeutete doch etwas! Warum gab er also jetzt so schnell auf? *Selbstschutz.*

Er warf ein paar Scheine auf den Tisch. „Falls du jemals Hilfe brauchst, bitte ruf mich an."

Wild entschlossen packte sie sein Handgelenk, bevor er aufstehen konnte. „W-Warte. Gemeinsam werden wir eine L-Lösung finden."

Mehr bekam sie nicht raus, als plötzlich die Tür des Cafés aufschwang und eine tiefe Stimme durch die Stille schnitt: „Das ist der Ranger."

Ein riesiger Mann mit Bart stürmte in seinem karierten Hemd auf das Paar zu. Zwei weitere Männer folgten ihm auf den Schritt. Sie manövrierten an den Tischen vorbei und schienen sich dem entsetzten Ausdruck auf dem Gesicht der Kellnerin nicht mal bewusst zu sein. Vor dem Tisch stoppten sie. Der Mann funkelte Adrian wütend an. „Ich erkenne dich. Du bist das Sackgesicht aus der Highschool, das fast in der Jugendhaftanstalt in Anchorage gelandet wäre."

Ein Muskel in Adrians Kiefer zuckte und seine goldenen Augen verengten sich. Noch immer sitzend sagte er: „Ich schätze, ihr gehört zu den Bären?"

„Ja, verdammt, und wir verlangen Antworten."

Sogar Darcy spürte die Angriffslust in seiner Haltung.

Adrians Hand hielt noch immer die Tasse umwickelt. „Die gebe ich auch gerne – bei der Versammlung."

Der Mann lehnte sich nah an Adrians Gesicht. „Du hast den Gefährten meiner Schwester ermordet, du Bastard!"

Darcy schnappte nach Luft, als sie hinter dem Bart scharfe Zähne entdeckte. Da sie nun wusste, nach was sie schauen musste, war es nicht schwer, die Gestaltwandler auszumachen. *Und er war ein Bär?* Oh, Göttin. Sie war von einem Bären angegriffen worden. „D-Der Bär?"

Der Mann blickte zu ihr und er fauchte, um noch mehr von seinen Zähnen zu zeigen. „Wer bist du?"

Ihr Magen rebellierte und sie zuckte bei seinem Ton zusammen.

Adrian stand auf. „Du hast ein Problem mit mir. Nicht mit ihr. Und jetzt verschwinde, bevor jemand die Polizei ruft."

Der Mann trat bedrohlich an Adrian heran und knurrte: „Wegen dir muss meine Schwester ihre kleinen Bärenbabys jetzt ganz allein aufziehen." Seine Nasenlöcher blähten sich auf. „Du stinkst nach Ozon. Arbeitest du für sie?"

Einer der anderen beiden Männer legte eine große Hand auf die Schulter des Anführers. „Komm, Edric. Das ist nicht der richtige Ort dafür."

Edric fauchte und schüttelte die Hand ab, sein Blick wieder auf Adrian. „Du wirst dafür bezahlen, was du getan hast." Dann landeten seine anklagenden Augen auf Darcy. „Und deine Hexe auch." Schließlich wirbelte er auf dem Absatz herum und marschierte, gefolgt von seinen Freunden, aus dem Café.

Nach mehreren Atemzügen wandte sich der alte Mann am Tresen wieder seiner Zeitung zu und die Kellnerin brachte ihnen das Frühstück, als wäre nichts gewesen.

Darcy wartete, bis die Kellnerin außer Hörweite war, und flüsterte: „Der Bär im Wald war ein Gestaltwandler?"

Adrian verzog das Gesicht zu einer Grimasse und rieb sich über die Stirn. „Ein Abtrünniger."

„Was ist das?"

„Manchmal verlieren Wandler die Kontrolle über ihr Tier. Sie werden wahnsinnig." Er zog die Augenbrauen zusammen. „Sie müssen getötet werden."

Tränen formten sich in Darcys Augen. Der arme Gestaltwandler. Und der arme Adrian, der zu dieser schweren Aufgabe gezwungen wurde. Sie bebte noch immer von den bedrohlichen Blicken, die der bärtige Mann in ihre Richtung geworfen hatte, bevor er schließlich verschwunden war. „War er auch ein Wandler?“

„Ja. Er gehört zu der ansässigen Grizzlygemeinde.“

„Wieso denken sie, dass du für mich arbeitest?“

Adrian schüttelte den Kopf. „Ich bin mir nicht sicher. Mein Boss meinte, dass es momentan sehr viele Abtrünnige gibt, und er denkt, dass es mit den Hexen zu tun haben könnte. Der Bär wies ungewöhnliche Merkmale auf und er roch komisch.“ Er lehnte sich zurück und neigte den Kopf. „Wenn Hexen involviert sind, ist es vielleicht gar nicht so schlecht, dich bei der Versammlung dabei zu haben.“

Ihre Kehle schnürte sich zu. „A-Aber ich bin doch noch keine Hexe. Ich muss erst meine Prüfung bestehen.“

Er zog eine Augenbraue hoch, lehnte sich vor und bedeckte ihre Hand mit seiner. „Das wirst du. Du bist allerdings meine einzige Zeugin.“

Sie biss sich auf die Lippe. In die Höhle der Bären sollte sie gehen? Das klang gefährlich. Vor allem wenn sie die Hexen für das Problem beschuldigten. Aber Adrian und sie waren jetzt Gefährten, also musste sie sich schnell an Gestaltwandler gewöhnen.

Zumal ihr so die Chance gegeben wurde, Adrian zu unterstützen. Schließlich hatte er ihr auch geholfen. Er hatte ihr das Leben gerettet.

Wortlos nickte sie ihm zu und hoffte, dass die Bären keine großen Reden von ihr erwarteten.

Adrians Blick verweilte auf der Tür, damit er sah, wenn Edric mit Verstärkung zurückkam. Niemand wollte zugeben, dass ein Familienmitglied infiziert wurde. Es entsprach dem Bekenntnis, dass er ein Verbrecher im Todestrakt war. Was nicht so weit hergeholt war, da nur der Tod einen Abtrünnigen stoppen konnte.

Nun hinterfragte Adrian seine Entscheidung, Darcy gebeten zu haben, ihn zu der Versammlung zu begleiten. Von Edrics Ausbruch zu urteilen, könnte es hässlich werden. Darcy hatte keine Tierform, um sich zu verteidigen. Auch heilte sie nicht so rasant wie ein Wandler. Verdammt, er wusste nicht mal, ob die Bisswunde heilte, wie sie sollte.

Nicht mal die düsteren Gedanken schafften es, die Begierde, die er für sie empfand, einzudämmen. Sie saß gegenüber von ihm und doch fühlte es sich zu weit weg an. Unter dem Tisch berührten sich ihre Füße, eine geheime Intimität, die ihn nach mehr gieren ließ. Überall, *überall* wollte er sie berühren. Sie war so verdammt hinreißend und so schüchtern. Er liebte es, dass sie nicht das Bedürfnis verspürte, die Stille mit Worten zu füllen. Er liebte es, dass er in ihrer Nähe noch immer frei atmen konnte. *Gemeinsam werden wir eine Lösung finden.* Zum ersten Mal konnte er sich vorstellen, mit jemandem den Rest seines Lebens zu verbringen. *Mit ihr.*

Beim Essen sah sie unter ihren Wimpern immer wieder zu ihm. Ein zweites Paar trat ein und die Laute, die andere Gespräche und klirrendes Geschirr mit sich brachten, nahmen zu. Adrians Puma sehnte sich danach, zu verschwinden. Doch dann fand er Darcys Blick und das Biest in ihm beruhigte sich. Ihre Anwesenheit agierte wie ein Schutzschild.

Darcy leerte ihren Teller in kürzester Zeit und nickte der Kellnerin dankbar zu, als sie Kaffee nachschenkte. Wie er genoss sie einen großzügigen Schluck Milch in ihrem koffeinhaltigen

Heißgetränk. Beide setzten sie die Tassen an ihre Lippen. Über den Rändern stellten sie Augenkontakt her. Sein Blick landete auf ihrer Schulter. „Wie geht's der Wunde?"

Sie zog ihren Kragen zur Seite und neigte den Kopf, sodass er nachsehen konnte. „Es heilt."

Mit heiserer Stimme sagte er: „Es tut mir leid, dass ich dir wehgetan habe."

Ihre Fingerspitzen zeichneten den Biss nach und ihre Augenlider flatterten, als hätte die Empfindung sie überraschend getroffen. „Es tut nicht weh. Um ehrlich zu sein: Das Gegenteil trifft zu …"

Ihre Augen fanden die seinen, ihre Tiefen mit Begierde gefüllt. Bei dem Anblick konnte er ein Grinsen nicht zurückhalten. Wenn das nicht bewies, dass sie Gefährten waren … Er konnte es nicht erwarten, ihr zu zeigen, wie erregend der Besitzanspruch in der Form des Bisses sein konnte.

Die Kellnerin räumte den Tisch ab und Darcy warf einen Blick auf ihr Handy. „Mist."

„Was ist?"

„Ich muss bei der Apotheke vorbei, a-aber sie öffnet erst in einer halben Stunde."

Das Date kam mit dem Frühstück zu einem Ende, er jedoch war noch nicht bereit, sich von ihr zu trennen. „Bis dahin können wir uns ein wenig die Beine vertreten."

Ihre Augen strahlten bei dem Vorschlag und sie nickte. Als sie aufstanden, griff sie nach seiner Hand. Die kleine Geste fühlte sich gut an. Richtig. Niemals hätte er gedacht, dass es eine Zeit geben würde, in der er sich nach der Gesellschaft einer Person sehnte.

Er ließ sich von ihr aus dem Café führen, über den Parkplatz und zu der Schotterstraße zwischen den Gebäuden. Obwohl er von hier den Verkehr des zweispurigen Highways hörte, blieb diese Straße leer und geräuschfrei. Nebeneinander spazierten sie auf ein graues Holzschild zu. Als er es schließlich lesen konnte, stand darauf in weißer Schreibschrift und mit einem farblich passenden Pfeil, der auf eine Einfahrt hinunter deute, geschrieben: *Hazels Tees und Kräuter.*

Darcy stoppte und zeigte mit dem Finger. „Das ist die Apotheke." Sie lehnte sich näher zu ihm und zwinkerte ihm vielsagend zu. „Erzähl es niemandem, aber die Besitzerin ist eine Hexe."

Er lächelte und atmete ihren Duft ein. An die Hexe die Einfahrt herunter dachte er gerade nicht. Schließlich hielt er Darcys Hand in seiner. Mit dem Daumen streichelte er über ihre Haut und stellte sich vor, welche Bereiche er noch gerne an ihr berühren würde. Hätte sie nicht den Wunsch geäußert, die Apotheke aufzusuchen, hätte er sie vom Café direkt zu seinem Haus gebracht und ihr die Klamotten vom Leib gerissen. Beim Laufen fühlte sich sein Schritt bereits jetzt beengt an.

Sie sprachen über ihre Kindheit und erkannten, dass sie zur Highschoolzeit gleichzeitig in Anchorage gewesen waren. Während er jedoch ein obdachloser Teenager war, hatte sie in einem netten Haus mit ihrer Mutter gewohnt. „Wie ist deine Mom gestorben?", fragte er sanft.

„A-Autounfall." Sie zuckte mit den Schultern, ihre Augen zeigten jedoch ihren Kummer. „Ich denke, ich habe es gut verarbeitet. Danach hat mich Tante Willow bei sich aufgenommen. Warum warst du obdachlos? Meintest du nicht, dass du in der Nähe Familie hast?"

Er legte den Arm um ihre Taille und zog sie beim Laufen an sich. Obwohl er seine Schritte ihren angleichen musste, passten sie doch perfekt zusammen. „Meine Mom und mein Dad wussten nicht, was sie mit einem Puma im Teenageralter anfangen sollten. Vor allem mit einem, der ständig Ärger machte.“

Er erklärte ihr, dass sie dachten, es wäre besser, wenn er bei Löwen aufwuchs, da sie einem Puma am ähnlichsten waren. Nach seinem letzten Besuch musste er sich jedoch eingestehen, dass er die Handlungen seiner Eltern vielleicht falsch interpretiert hatte. „Sie waren so ratlos wie ich. Wäre Mr. Wombly nicht gewesen, wäre ich wahrscheinlich nicht mehr am Leben. Er war ein alter Schwarzbär an meiner Schule. Er stellte sicher, dass ich Nahrung und Kleidung hatte, hat mir bei den Hausaufgaben geholfen und schließlich seine Beziehungen spielen lassen, um mir meinen derzeitigen Job an Land zu ziehen.“

„An dem Ort, wo es begonnen hat.“ Als wäre es das Logischste auf dieser Welt, nickte sie.

„Ja, du hast recht.“ Ob es möglich war, dass Mr. Wombly Kontakt zu seinen Eltern hatte? Er würde sie fragen, wenn er sie das nächste Mal besuchte. Im Moment hatte er kein Interesse, den Gedanken zu verfolgen.

An der Straßenseite stoppte er neben mehreren Zitterpappeln und zog Darcy an sich. „Ich halte es nicht mehr aus."

Sie hob den Kopf, ihre Lippen leicht geöffnet, was er als Einladung interpretierte. Er senkte den Kopf, seine Augen auf ihre gerichtet, bis sein Mund auf ihren traf. Ihre Reaktion folgte augenblicklich und sie schlang beide Arme um seine Taille, presste sich eng an ihn. Er küsste sie, fuhr in ihrem Nacken mit den Fingern in ihre Haare. Sie war berauschend.

Er führte sie rückwärts zu einem der Bäume, bis sie mit dem Rücken gegen den Stamm stieß. Seine Erektion pulsierte in seiner Hose und versuchte, auszubrechen. Ihre Küsse waren so leidenschaftlich wie seine. Stöhnend lehnte sie den Hinterkopf gegen den Baumstamm.

Der Duft nach süßem Tee, Blumen und heißblütiger Frau füllte seine Sinne. Er nahm und nahm, kostete von ihren Lippen, seine Zunge entschlossen, jeden Millimeter von ihr kennenzulernen. Ihre Hände packten seinen Arsch und sie rieb ihren Bauch an seiner Erektion. Ein Bein wickelte sie um seine Wade, bis sich ihm die Hitze ihres Geschlechts offenbarte. Er konnte nicht widerstehen, stieß rhythmisch gegen sie und entlockte ihr ein Stöhnen nach dem anderen. Gott, es fühlte sich himmlisch an.

Mit den Lippen folgte er der Kurve ihres Kiefers, knabberte an ihrem Ohrläppchen, fuhr über ihre Schulter, die unter dem Oberteil seine Markierung versteckte.

Sie schnappte nach Luft und ihre Nippel bohrten sich in seine Brust. „Warum ist die Wunde so empfindlich?"

„Es soll den Bund stärken."

„Wird es sich immer so anfühlen?" Sie gab ihm mehr Raum, entblößte ihre Kehle vor ihm.

„Oh ja", knurrte er. Wie sie sich ihm hingab, raubte ihm den Verstand. Er liebte es. Ob sie nun ein Wandler sein wollte oder nicht, spielte keine Rolle. Er konnte auf den Biss von ihr verzichten. Sie gehörte ihm, solange sie ihn wollte. Jetzt sollte er jedoch nicht an ihr knabbern. Er kam dem Drang nach, indem er seine Zähne über dem Material auf die Wunde legte.

Sie entließ einen lustvollen Schrei und wölbte sich ihm entgegen. Mit einer Hand riss er ihren Rock nach oben, bis er den Weg zu ihrem feuchten

Geschlecht fand. „So sexy", flüsterte er an ihrer Schulter, als er mit den Fingern unter den Schritt ihres Höschens glitt und in Kontakt mit ihren nassen Schamlippen kam. Er tauchte in ihre Spalte, brachte ihren Nektar zu ihrer Klitoris und umkreiste das Nervenbündel. Immer und immer wieder neckte er sie. Indessen passte sie sich dem Rhythmus an und krallte sich mit den Fingern in seine Schultern.

Ein Auto fuhr an ihnen vorbei, was auf dem trockenen Untergrund zu einer Staubwolke führte. Aber er konnte nicht von ihr lassen. Sie entließ diese erregenden Laute, versuchte ihr Bestes, kein Aufsehen zu erregen, als er sie auf einen Orgasmus zusteuerte. Dann gab sie ein verschlucktes Stöhnen von sich und bebte am ganzen Körper. Mit der Hand, die auf ihrem Hinterkopf lag, wanderte er zu ihrer Hüfte, sodass sie nicht unter ihm wegknickte. Seine Finger molken auch die letzte Empfindung aus ihr heraus. Schließlich brach sie schwer atmend an ihm zusammen.

Er hielt sie, seine Wange auf ihrem Kopf, seine Nase gefüllt mit ihrem Duft. „Du bist erstaunlich", murmelte er. Sein Schwanz schmerzte noch immer, aber seine Seele war befriedigt.

„Ich d-dachte, dass Gefährten in der Lage sind, die Gedanken des anderen zu hören."

„Dafür müsstest auch du mich mit einem Biss für dich beanspruchen. Du brauchst also dein Tier."

Sie hob den Kopf und sah ihm in die Augen. „Als Hexe geht es also nicht?"

Er küsste sie auf die Nasenspitze. „Es spielt keine Rolle. Solange du meinen Besitzanspruch akzeptierst, sind wir miteinander verbunden."

Einen Bund waren sie eingegangen, eine Seele mit einer anderen, und ob sie nun eine Gestaltwandlerin war oder nicht, war genauso unwichtig wie die Farbe ihrer Haut oder ihrer Augen.

Ein anzügliches Funkeln zeigte sich in ihren Tiefen und ihre Hand wanderte von seiner Schulter zu seinem Intimbereich. „Ich kenne noch einen Weg, dich für mich zu beanspruchen."

Er stöhnte und schloss die Augen. Bei ihrer Berührung würde er am liebsten explodieren. Sie öffnete seinen Gürtel und den Knopf. Seine dicke Erektion schaffte es beinahe allein, den Reißverschluss zu öffnen, so sehr sehnte sich sein

Schwanz nach Freiheit. Wenige Sekunden später hielt sie ihn in der Hand.

An seinem Körper kletterte sie nach oben und schlang die Beine um seine Hüfte. In der nächsten Sekunde schob sie den Schritt ihres Höschens zur Seite und führte dann seine Eichel zu ihrem Eingang. Mit einem Stoß vergrub er sich in ihr. Sie stöhnte. Beide Hände bekamen ihren Arsch zu fassen, um ihre Bewegungen zu kontrollieren. Er presste sie gegen den Baumstamm, genoss das Gefühl seines harten Körpers an ihrem weichen, sein Schwanz umgeben von ihrer engen Hitze. Sie fühlte sich so verdammt gut an.

Während sie seinen Blick gefangen hielt, zog er sich aus ihr zurück und stieß dann hart in sie. Langsam erhöhte er das Tempo, bis er in ihre Enge hämmerte, seine Hände zwischen dem Baumstamm und ihrem Hintern positioniert. Mit überwältigender Intensität nahm er sie, ihre Beine hinter seinem Arsch überschlagen. Der Druck in seinem Hoden staute sich bis zur Unerträglichkeit.

Sie warf ihren Kopf in den Nacken, ihr Mund von einem Stöhnen geöffnet, als sich die Wände ihres Geschlechts um ihn zusammenzogen. Ihr Orgasmus war sein Untergang. Er ließ sich gehen, sein

Schwanz pulsierte und er ergoss sich in ihr. Gemeinsam ritten sie eine Welle der Lust. Sie akzeptierte alles, molk ihn, bis sie ihm auch den letzten Tropfen entlockt hatte.

Nachdem sich seine Atmung beruhigt hatte, trat er von dem Baum zurück und ließ sie an seinem Körper nach unten rutschen. Auf ihren eigenen Füßen schwankte sie ein bisschen und so legte er eine Hand auf ihre Schulter. Mit der anderen schob er ihr eine feuchte Strähne von ihrer roten Wange. Ihre Augen weiteten sich und sie umfasste sein Handgelenk, um seinen Handrücken zu begutachten, der von der Rinde Abschürfungen aufwies. „Du bist verletzt."

„Alles gut. Wandler heilen schnell." Ein weiteres Auto war zu hören, ein Aufblitzen von Farbe zwischen den Bäumen. Er zog seinen Reißverschluss hoch und sagte: „Es tut mir leid. Dich an der Straßenseite zu verführen, kann wohl nicht gerade als ein gutes zweites Date bezeichnet werden."

Sie schüttelte den Kopf, hob sich auf ihre Zehenspitzen und gab ihm einen Schmatzer auf den Mund. „Eigentlich ist es unser erstes Date. Aber wer nimmt es schon so genau, richtig?"

Sein Lächeln sprach von purer Freude. Schwer zu glauben, dass sie sich erst gestern kennengelernt hatten. Noch nie war er so glücklich gewesen. Das Schicksal hatte diese Frau nur für ihn ausgewählt. Er nahm ihre Hand in seine und sagte. „Lass uns zu der Apotheke gehen, damit du deinen Zaubertrank zubereiten kannst."

Darcys Herzschlag machte den Anschein, sich nie wieder normalisieren zu wollen. Sie war nicht dafür bekannt, Risikos einzugehen, und doch summte ihr Blut bei dem, was gerade passiert war. Als wäre das Adrenalin nicht genug, das sie seit ihrer ersten Begegnung mit ihm in einen Rausch versetzte. Der Zirkel bestand auf der Ansicht, dass Wandler nichts weiter als Biester waren. Adrian jedoch konnte so behutsam sein, wie er brutal war. Er hatte darauf geachtet, seine Hände zwischen ihr und dem Baum zu positionieren, und sie wusste, dass er sie erneut hatte beißen wollen, hatte aber darauf verzichtet.

Beim Laufen schmiegte sie sich mit der Wange an seine Schulter. Er fühlte sich so gut an und roch himmlisch. Göttin, sie wollte den Biss erwidern. Sie wollte ihn markieren und die ganze Welt wissen lassen, dass er ihr gehörte und sie ihm, und dass nichts in der Lage wäre, dies zu ändern. Das ging jedoch nur, wenn sie zu einem Gestaltwandler wurde. Sie hatte so hart gearbeitet, um als Hexe anerkannt zu werden, und wollte diesen Traum nicht aufgeben.

Sie erreichten die Apotheke, als Hazel, die Besitzerin, in der Tür das Schild umdrehte und damit zu verstehen gab, dass ihr kleiner Laden geöffnet hatte. Die Blockhütte erweckte durch ihre rustikale Erscheinung den Eindruck, als stände sie schon seit dem Goldrausch auf diesem Stück Land. Die Hütte wurde gut instandgehalten. Blumenkästen mit Ringelblumen schmückten die Fenster und Wildblumen breiteten sich auf dem Rasendach aus.

Hazel lächelte und öffnete die Tür, als sie Darcy entdeckte. „Guten Morgen, Darcy. Du bist früh dran."

„Guten M-Morgen, Hazel." Darcy spürte, wie sich ihr Ton veränderte, obwohl Hazel ihr gegenüber immer freundlich gewesen war. „Ich brauche P-Perlenstaub bitte."

„Natürlich." Neugierig beäugte sie Adrian, bevor sie sich wegdrehte und den Laden betrat.

Erdige Luft und der Duft nach Kräutern schwappten über Darcy hinweg, als sie Adrian über die Türschwelle führte. Sie marschierte an Regalen gefüllt mit Büchern, Glaskrügen, Teetassen und -kannen, Mörsern und Stößeln vorbei. Handgefertigte Weidenkörbe fanden sich neben einem Paar Mukluks, das in einer Glasvitrine stand, in der zudem Halbkristalle und Edelsteinschmuck von einer ansässigen Künstlerin ausgestellt waren.

Adrian lief hinter ihr, betrachtete alles mit einem achtsamen Auge. Um ihn etwas zu beruhigen, drückte sie seine Hand. „Das w-wird nur eine Sekunde dauern."

Im hinteren Bereich, der von einer hölzernen Werkbank und einem dicken Seil vom Rest des Ladens abgetrennt war, stand ein großer Schrank mit Regalen und Schubladen. An dem Seil hing ein Schild mit den Worten: *Abtrennung nicht übertreten. Wir helfen Ihnen gerne.* Hazel stieg über die Abgrenzung hinweg und öffnete eine Schranktür, aus der sie eine Küchenwaage und ein Glasbehältnis holte.

Ein struppiger Huskymischling mit einem blauen und einem grünbraunen Auge lunzte aus dem Kassenbereich zu ihnen hinüber. Darcy streckte die Hand aus. „Hi, J-Jake." Jake war Hazels tierischer Vertrauter, aber für Darcy war er einfach nur ein freundlicher Hund. Er mochte es, wenn sie ihm den Bauch kraulte. Hin und wieder brachte sie ihm Leckerlis mit. Plötzlich senkte sich sein Schwanz, wedelte nicht länger erfreut, sie zu sehen, und seine Ohren legten sich nach hinten. Dann entließ er ein bedrohliches Bellen.

Hazels Ausdruck wirkte angespannter, als sie den Blick von ihrem Hund wahrnahm. Nun betrachtete sie Darcys Hand, die sich in Adrians befand und wanderte schließlich zu seinem Gesicht und sah ihn direkt an. „Wandler, richtig? Passiert nicht oft, dass ihr in meinen Laden kommt." Sie füllte Perlenstaub in ein braunes Fläschchen. „Arbeitest du an etwas Speziellem?"

Darcy zuckte mit den Achseln. Sie fühlte sich, als hätte Hazel sie am Straßenrand beim Sex erwischt. „Nur etwas, um mir bei der Prüfung morgen zu helfen."

„Ah." Hazel nickte verständnisvoll und reichte Darcy das Fläschchen. „Deine Tante hat erwähnt, dass du versuchst, dem Zirkel beizutreten. Du weißt schon, dass du nicht zu dem Zirkel gehören musst, um als Hexe zu gelten, oder?"

Tante Willow bestand darauf, dass respektable Hexen einem Zirkel zugehören müssen. Das würde Darcy aber vor Hazel niemals laut aussprechen. Sie wusste, dass Hazel ein Zerwürfnis mit ihrem Zirkel hatte. *Genau wie meine Mom.* Sie fragte sich, wie es bei Hazel dazu gekommen war. Die Frage wäre jedoch unhöflich, also nickte sie lediglich und sagte. „D-Danke."

Nachdem sie für den Perlenstaub bezahlt hatte, fuhr Adrian sie nachhause. Auf der Fahrt zeigte er ihr die Nachbarschaft, in der er aufgewachsen war, seine Schule, sein Elternhaus und die Orte, wo er als Kind gespielt hatte. Bei der letzten Erwähnung seiner Eltern hatte er noch verbittert geklungen. Nun war das anders. Sie fragte sich, was sich verändert hatte. „Deine Familie klingt nett."

Er spitzte die Lippen und nickte. „Sie sind nicht so schlimm, wie ich das so lange gedacht habe."

Sie nahm seine Hand zu ihrem Schoß und streichelte ihn sanft. „Wirst du sie mir vorstellen?"

Mit der Handfläche nach oben schloss er die Finger um ihre Hand und schenkte ihr ein breites Lächeln. „Irgendwann sicher. Zuerst möchte ich mich mit ihnen aussprechen."

Besorgte es Adrian, eine Gefährtin mit nachhause zu bringen, die eine Hexe war? Sie dachte an Tante Willow und musste sich fragen, was sie wohl von Adrian halten würde. Nicht viel. Wandler und Hexen blieben auf Abstand und niemals gingen sie einen Gefährtenbund ein. Sie entschied, das Thema fallen zu lassen, bis sie beide herausgefunden hatten, wie sie in dieser Situation verfahren sollten.

Er brachte sie zu ihrer Haustür. Erfreut stellte sie fest, dass der furchtbare Gestank von der verpfuschten Tinktur verschwunden war. Leicht verlegen wandte sie sich ihm zu. Sie sollte sich wirklich an die Arbeit machen, aber sie wollte ihn noch nicht gehen lassen. „W-Würdest du gerne r-reinkommen?"

Sanft fuhr er mit den Fingern über ihre Wange und küsste sie auf die Nasenspitze, dann ihren Mund. Mit der Stirn an ihrer sagte er: „Nichts würde mir mehr gefallen. Leider muss ich zur Arbeit und ich weiß, dass du einen Zaubertrank herstellen musst."

Seine Stimme klang belegter als sonst. Schließlich fügte er hinzu: „Ich hatte heute sehr viel Spaß."

„I-Ich auch." Sie schlang die Arme um seine Taille und presste sich an ihn. „Wirst du später vorbeikommen?"

Er erwiderte die Umarmung. „Ja. Wie wäre es, wenn wir dann die Steaks essen? Ich muss nur ein wenig Papierkram erledigen und komme dann wieder zu dir."

Bei seinen Worten grinste sie wie ein Honigkuchenpferd. *Er will zurückkommen.*

Er küsste sie auf die Stirn und legte die Hände auf ihre Schultern. „Und jetzt kümmere dich um deinen Zaubertrank, sodass ich dich für den Rest des Abends für mich allein habe." Er zwinkerte. „Ich habe unsittliche Dinge mit dir geplant."

Bei dem Versprechen kribbelte ihr ganzer Körper. Sie nickte und hob zwei gekreuzte Finger nach oben. „Wünsch mir Glück."

Die Lachfältchen neben seinen Augen vertieften sich und er wickelte die Hand um ihre Finger, brachte sie zu seinen Lippen und küsste sie auf die

Fingerspitzen. „Du schaffst das. Aller guten Dinge sind drei, oder?"

Sie nickte und beobachtete, wie er die Stufen herunter und zu seinem Pick-up ging. Wie auf Wolken schwebend und entschlossen wie nie betrat sie ihr Haus und suchte die Zutaten zusammen.

15

Wie in einem Traum fuhr Adrian zur Hütte zurück. Sein Puma war glücklich. *Er* war glücklich. Das Leben konnte nicht besser sein. Darcy gab ihm das Gefühl, endlich angekommen zu sein.

Über die steile Schotterstraße mit den vielen Kurven ging es höher und höher. Nach einer Weile eröffnete sich ihm auf der linken Seite die atemberaubende Aussicht. Wirklich wertgeschätzt hatte er die Schönheit des Nationalparks bisher noch nie. Seine Augen fanden wieder die Straße und er dachte an seine heruntergekommene Hütte. Er sollte Reparaturen vornehmen, vielleicht neue Möbel kaufen. Das Gebäude besaß außerdem nicht mal Leitungen für Strom und Wasser. Das könnte er ändern. Ein Badehaus wäre eine Idee. Er könnte ein paar Bäume entfernen und etwas mit einer großartigen Aussicht bauen. Gleich nachdem er sich mit Randall kurzgeschlossen hatte, würde er wieder in die Stadt fahren und Holz bestellen.

Als er zu der Hütte kam, runzelte er die Stirn. Ein weißer Pick-up parkte davor. Neben der Fliegengittertür war eine dunkle Gestalt zu erkennen, die auf seinem zerbrechlichen Stuhl saß. Adrian schaltete den Motor ab, stieg aus und näherte sich bis auf fünf Meter der Verandatreppe. *Edric.* Die kalten Augen des bulligen Werbärs musterten Adrian, als wäre er es, der sich Zugang auf ein fremdes Grundstück verschafft hatte.

„Was machst du hier?“

„Beweise sammeln.“ Der Stuhl knackte, als sich der Bär erhob.

Bei Adrian stellten sich die Nackenhaare auf. Er sah über seine Schulter. Edrics Gefolgsleute hatten ihn eingekesselt. Noch waren sie in ihrer Menschengestalt, dennoch spannten sich seine Oberschenkel an, als sein Puma in ihm aufbegehrte und verlangte, freigelassen zu werden. Sein Tier war für einen Kampf bereit. Er hielt seine Verwandlung zurück. Drei Grizzlys waren eine Nummer zu groß für ihn. Sie würden ihn angreifen, noch bevor er sich verwandeln und wegrennen konnte. *Ich hätte vorsichtiger sein müssen.*

Er verschränkte die Arme – größtenteils um seine Tiergestalt in Zaum zu halten – und wandte sich wieder Edric zu. *Bleib ruhig. Mach deinen Job.* Die Höhlengemeinschaft hatte das Recht, die Szene zu untersuchen. Der ranzige Gestank, der den drei Bärwandlern anhing, kribbelte Adrian in der Nase. „Ich bringe euch zu dem Ort."

„Ich war schon dort." Edric polterte langsam die Holzstufen herunter. „Mittlerweile denke ich, dass du es bist, der infiziert ist. Du hast kein Rudel, keine Gemeinschaft. Niemand zeigt dir Grenzen auf. Du lebst allein hier draußen. Da wird man schnell ein wenig verrückt. Vielleicht hast du deine Frustration an meinem Schwager ausgelassen."

Adrian spannte sich an. Die Anschuldigung war eine deutliche Drohung. Und Edric hatte recht: Adrian hatte niemanden, der ihn unterstützen würde, wenn bei dem Verhör alle dieser Meinung waren. Kein Alpha, der für ihn bürgte. Nicht mal Randalls Aussage hätte viel Gewicht. „Ich bin ein Puma, kein verdammtes Rudeltier. Wir sind dafür geschaffen, allein zu sein."

Edric zischte: „Wo ist deine Hexe, Miezekätzchen?“

Adrian bewegte sich nach links und fletschte bei der unterschwelligen Drohung mit den Zähnen. Darcy durfte in dieses Chaos nicht hineingezogen werden. Die Bären suchten nach einem Sündenbock. Vielleicht war es ein Fehler gewesen, sie zu bitten, für ihn auszusagen. „Ich habe doch bereits gesagt, dass du sie aus der Sache raushalten sollst.“

Schritte hinter ihm ließen ihn wissen, dass die anderen Wandler seinen Bewegungen folgten. *Scheiße!* Was zum Teufel wollten sie von ihm?

Edrics Augen funkelten gefährlich auf. Wie nach einem Startschuss wurde er von vier Händen gepackt. Adrian wehrte sich und fauchte, aber die Tatsache bestand weiterhin, dass es drei gegen einen war. Mit der Faust schlug Edric ihm in den Magen. Grunzend beugte sich Adrian über. Die verdammten Bären wussten, wie man austeilte. Langsam richtete er sich auf und atmete tief ein. Ruckartig zielte er mit dem Hinterkopf gegen die Nase des linken Mannes. Dieser wich jedoch aus, was ihn genug aus dem Gleichgewicht brachte, sodass Adrian mit einem Fuß nach Edric ausholen konnte. Der riesige Mann grunzte und hielt sich den Schritt.

„Unter die Gürtellinie. Scheiß Puma", sagte einer der Männer. Daraufhin riss er Adrian die Arme brutal hinter den Rücken.

Etwas legte sich um seine Handgelenke und im nächsten Moment waren seine Hände gefesselt. Er wehrte sich, wusste jedoch, dass es sinnlos war. „Ihr habt kein Recht, mich zu fesseln."

Schnaufend richtete sich Edric auf. Er war etwas grün im Gesicht, doch seine Wut war dadurch nicht verblasst. Seine Hand legte sich um Adrians Kehle und er riss ihn zu sich. „Dafür wirst du bezahlen, Schlappschwanz."

Adrian schnappte nach Luft, Sterne zeigten sich in seinem Sichtfeld. Dann sah er nur noch Dunkelheit.

Darcy hielt den Atem an, als sie einen einzelnen Tropfen *Populus tremuloides*-Sirup in eine daumengroße Ampulle drückte. Das goldfarbene Elixier erhellte sich und der Duft, der an Wintergrün erinnerte, wehte in ihre Nase. Für einen Moment starrte sie in der Befürchtung auf das Fläschchen, dass noch etwas schief gehen könnte. Die Tinktur veränderte sich nicht.

„Ich habe es geschafft", hauchte sie.

Nachdem sie die Ampulle mit einem Korken verschlossen und in Samt eingewickelt hatte, schob Darcy sie in eine der Innentaschen ihrer Handtasche. Mit dem Gefühl, gleich von einem Traum aufzuwachen, starrte sie auf die Handtasche.

Ihre Augen jedoch fühlten sich trocken und müde an, ihre Hände waren durch die anhaltende Benutzung des Mörsers und Stößels ganz wund. Gleichzeitig schmerzte ihre Schulter von Adrians Biss.

Dies war kein Traum.

Dies war der beste Tag ihres Lebens!

Sie warf die Arme in die Höhe, den Kopf in den Nacken, und wirbelte zu einem Lied in ihrem Kopf durch das Wohnzimmer: *Eine Hexe, eine Hexe, ich werde ihnen beweisen, dass ich eine wahre Hexe bin!*

Sie ließ sich auf das Sofa fallen und dachte daran, wie zufrieden Tante Willow sein würde, wenn Darcy die Prüfung bestand. Plötzlich fühlte sie einen kleinen Stich in ihrem Herz. Sie erinnerte sich daran, wie ihre Mutter stets gemeint hatte, dass sie kein Talent für Hexenkunst hatte und sie es gar nicht erst probieren sollte. Hastig schob Darcy die negativen Gedanken in den Hintergrund. *Konzentriere dich auf den Erfolg.*

Sie schloss die Augen und vergegenwärtigte sich selbst als ein Mitglied des Zirkels. Wie Sand rieselte die Vorstellung durch ihre Finger. Sie war so müde. Nicht mal der Zaubertrank könnte ihr helfen, wenn sie bei der Prüfung einschlief. Sie öffnete ein Auge und betrachtete den Himmel vor ihrem Fenster. Bis zum Abendessen hatte sie noch viel Zeit. Bevor Adrian auftauchte, sollte sie ein kleines Nickerchen halten. Kaum hatte sie die Augen wieder zu, fiel sie in einen tiefen Schlaf.

Als sie aufwachte, war ihr Wohnzimmer in das lila Licht des Sonnenuntergangs getaucht. Sie zuckte in eine aufrechte Position. *Wie spät ist es?* In dieser Gegend ging die Sonne erst Mitternacht unter. Sie stand auf und stolperte in die Küche. Bei dem Blick auf die Mikrowellenuhr stoppte sie. Zwei Uhr? Am Morgen? Sie schnappte sich ihr Handy vom Küchentisch, um sicherzugehen. Die Zeit stimmte. Hatte sie Adrians Ankunft verschlafen? Sie hatte keine verpassten Anrufe, keine Nachrichten. Sie hastete zu ihrer Eingangstür und riss sie in der Hoffnung auf, ihn wieder auf den Stufen zu finden.

Kein Adrian.

Wo war er? Hatte sie ihn falsch verstanden? Oder hatte er seine Meinung geändert? Langsam machte sie die Tür zu und starrte diese verwirrt an. Im nächsten Moment nahm sie wieder ihr Handy und wählte die Nummer, die er ihr beim Frühstück gegeben hatte. Die Mailbox sprang an. Zweifel krochen in ihr hoch. War das wirklich seine Nummer? „H-Hi, Adrian. Hier s-spricht Darcy." Sie schluckte an dem Kloß in ihrem Hals vorbei und versuchte, ihr Stottern auf ein Minimum herunterzuschrauben. „Ich hoffe, es geht dir gut. Bitte ruf mich an, sobald d-du das hörst."

Sie legte auf und starrte hoffnungsvoll auf den Bildschirm. Nichts passierte. Also schob sie ihr Handy in ihre Gesäßtasche und machte sich daran, die Küche aufzuräumen. Anderthalb Stunden später hatte sie immer noch nichts von ihm gehört. Erneut wählte sie seine Nummer. Dieses Mal hinterließ sie keine Nachricht. Sie hatte ein ungutes Gefühl. Etwas stimmte nicht. Ihre Verbindung mit ihm war real. Auf keinen Fall hatte er sie versetzt. Sie wünschte wirklich, dass sie die Fähigkeit besäßen, gedanklich miteinander in Kontakt zu treten.

Er hatte zu ihr gemeint, dass er nicht weit von den Wanderwegen in einer Hütte lebte. Nach einer schnellen Dusche zog sie sich an und schnappte sich ihre Handtasche und ihren Autoschlüssel. Die Rangerhütte zu finden, stellte kein Problem dar. Als sie seinen Pick-up entdeckte, entließ sie erleichtert den Atem.

Sie stieg aus und rannte zur Eingangstür. Niemand reagierte auf ihr Klopfen. Sie versuchte die Türklinke und die Tür ging auf. „Adrian?"

Keine Antwort. Sie trat ein und ließ den Blick über den Eingangsbereich schweifen. Er war nicht hier und auch das Schlafzimmer mit dem riesigen Bett: leer. Sie verließ die Hütte, rief auch hier mehrmals seinen Namen. Wo konnte er sein?

Es musste einfach etwas mit dem Wandler im Café zu tun haben. Nur wusste sie nicht, wie sie die Bären erreichen sollte. Was sie aber wusste, war, wo Adrians Eltern lebten. Vielleicht konnten sie ihr helfen.

Die Sonne zeigte sich, als sie die lange Einfahrt mit den überwucherten Brunnenkressen nahm. Direkt vor dem Haus stand das Fahrzeug eines State Trooper. *Göttin, für einen Höflichkeitsbesuch ist es noch viel zu früh.* Was hatte sie aber für eine Wahl? Wenn die Bären entschieden hatten, sich an Adrian zu rächen, zählte jede Sekunde. Tief atmete sie ein und presste die Türklingel.

Nach ein paar Minuten hörte sie schließlich Schritte. Die Tür flog auf und vor ihr stand ein älterer Mann mit kurzen grauen Haaren in einem weißen T-Shirt und einer Boxershorts. Er rieb sich die Augen. „Kann ich Ihnen helfen, Miss?"

Sie schluckte schwer, ihr Mund vollkommen ausgetrocknet. „I-Ich … Ich s-suche nach Adrian."

Der Mann drückte die Schultern durch und seine buschigen Augenbrauen zogen sich zusammen. „Er lebt hier nicht mehr. Darf ich fragen, wer Sie sind?"

Kaum in der Lage genug Sauerstoff in ihre Lungen zu bekommen, presste sie heraus: „S-Seine G-Gefährtin."

Verständnisvoll sah er sie an. Nun öffnete er auch die Fliegengittertür. „Bitte komm rein."

Darcy nahm einen Schritt und stoppte. „Ich will wirklich nicht stören. Ich möchte nur wissen, wie ich die Bärenwandler erreichen kann."

„Was willst du von ihnen?"

Sie gab wieder, was den gestrigen Tag im Café vorgefallen war. „Adrian und ich haben uns zum Abendessen verabredet. Und er geht n-nicht an sein Handy."

Eine weitere männliche Stimme war hinter dem älteren Mann zu hören. „Bist du dir sicher, dass er nicht weggerannt ist?"

Adrians Vater sah über seine Schulter, als sich ein Mann in Adrians Alter zeigte. Sein Oberkörper war genauso durchtrainiert wie der von Adrian und seine Gesichtszüge ließen rasch auf eine Verwandtschaft schließen. Das musste Adrians Bruder sein.

Darcy schüttelte den Kopf. „D-Das würde er nicht tun."

Nachdenklich rieb sich Adrians Vater über seine stoppelige Wange. „Ich schätze, es kann nicht schaden, die Höhlengemeinschaft zu kontaktieren und zu fragen, ob sie etwas wissen." Wieder wies er sie an, einzutreten. „Du kannst gerne im Haus warten. Übrigens heiße ich Kyle. Ich bin Adrians Vater."

„D-Darcy." Ihr Herzschlag pochte in ihren Ohren, als sie über die Türschwelle trat.

Hinter ihr krachte die Fliegengittertür zu. Indessen war Adrians Vater in einen Flur verschwunden. Das Wohnzimmer war relativ klein, mit einem Kamin, vor dem zwei abgewetzte Fernsehsessel standen. Ein

Sofa und ein Zweisitzer waren gegenüber voneinander platziert. *Ich bin in dem Haus von Gestaltwandlern.* Ein Wolfsrudel, dachte sie, als ihre Augen auf dem jüngeren Mann landeten.

Er ließ den Blick über sie schweifen. „Kaffee?"

Da sie ihrer Stimme nicht vertraute, nickte sie.

Mit dem Kinn wies er auf eine Couch, die von einer Afghan-Decke bedeckt war. „Setz dich. Ich heiße Kepler."

„Hi, Kepler", sagte sie und lief zu der Couch.

Allein gelassen lauschte sie dem Gemurmel, das vom Flur an ihre Ohren trat. In der Küche gurgelte die Kaffeemaschine. Es dauerte nicht lange, bis der Duft nach der dunklen Röstung in der Luft lag. Wenige Minuten später erschien eine Frau in einem Bademantel aus der Richtung, in die Adrians Vater gegangen war. Ihre dunkelblonden Haare waren verwuschelt, ihre Gesichtszüge zeugten von Besorgnis. Sie streckte ihre Hand aus und sagte: „Ich bin Alice, Adrians Mutter. Wie heißt du, meine Liebe?"

„Darcy B-Blackwell."

„Freut mich, dich kennenzulernen, Darcy. Wie es scheint, ist Adrian bei den Bären." Ihr bereits besorgter Ausdruck spannte sich noch mehr an. „Er hat dort heute Morgen eine Befragung."

„H-Heute?" Wieso würde Adrian einem Termin zustimmen, ohne ihr davon zu erzählen? Sie hatte das Gefühl, dass etwas furchtbar schiefgelaufen war. „Er wollte, dass ich daran teilnehme."

„Natürlich", sagte Alice. „Seine Gefährtin sollte an seiner Seite sein."

Adrians Vater kam zurück und trug nun seine State-Trooper-Uniform. Gleichzeitig näherte sich Kepler mit zwei Tassen Kaffee. Der jüngere Mann blickte neugierig zu seinem Vater und reichte ihm eine der Tassen, bevor er die andere Darcy gab. „Ist Adrian wieder in Schwierigkeiten?"

Kyle zeigte mit dem Daumen über seine Schulter. „Zieht euch beide an. Wir müssen sofort zu der Höhlengemeinschaft fahren."

Eine komische Spannung erfüllte die Luft – wie ein Geruch, den Darcy nicht zuordnen konnte. Dann verschwanden Kepler und Alice. Von seinem Kaffee trinkend lief Adrians Vater vor Darcy auf und ab.

„Ich weiß nicht, ob ich in der Lage bin, ihn aus dieser Situation rauszuholen."

Ihre Finger wickelten sich fester um die kochend heiße Tasse. „Aus dieser Situation?"

„Als mein Sohn noch jünger war, hatte er einen Ruf als Unruhestifter. Die Bären denken, dass er ein Abtrünniger ist."

Adrians Beschreibung kam ihr in den Sinn. *Sie müssen getötet werden.* Darcy schoss auf ihre Beine und der heiße Kaffee schwappte über den Rand auf ihre Hände. „Nein!"

„Er meinte, dass du seine Gefährtin bist." Er stoppte und atmete tief ein. „Jedoch riechst du nicht wie ein Wandler. Du riechst auch nicht nach Mensch. Was bist du?"

„Ich bin eine Hexe." Sie bereitete sich auf seine Reaktion vor.

Er rieb sich über seine Stirn. „Das hat er nicht erwähnt. Das verkompliziert die Sache."

„Inwiefern?"

„Es ist ein Gerücht im Umlauf, dass eine Hexe für die infizierten Wandler verantwortlich ist." Er fand ihren Blick und sie sah, wie besorgt er war. „Es ist vielleicht besser, wenn du der Versammlung fernbleibst."

„Aber ich bin eine Zeugin. Der B-Bär hat mich angegriffen."

Er runzelte die Stirn. „Sie werden davon ausgehen, dass du lügst."

„Was passiert, wenn sie ihn s-schuldig sprechen?"

Kyle wandte den Blick ab. „Für Wandler gibt es keine Gefängnisse."

Oder anders ausgedrückt: Sie werden ihn töten. Und wie es schien, standen die Chancen schlecht. Darcy war vielleicht eine Hexe, aber sie war auch Adrians Gefährtin und die einzige Zeugin, die er hatte. *Deine Aussage hat keinen Wert, wenn sie dir nicht glauben.* Ihre Augen fielen auf ihre Handtasche. Ihr Zaubertrank für Redegewandtheit. Damit wäre sie in der Lage, heute Abend die Prüfung abzulegen, ohne zu stottern. Oder sie könnte den Inhalt der Ampulle benutzen, um ihre Aussage überzeugend rüberzubringen.

Sie stellte ihre Tasse auf dem Tisch ab und hob die Handtasche auf ihre Schulter. „I-Ich komme mit."

17

Adrian leckte sich Blut von der Lippe und blickte auf die Ansammlung von Wandlern. In dem Hinterzimmer der Kneipe, das die Höhlengemeinschaft für Versammlungen nutzte, gab es nur noch Stehplätze. Wenn er ehrlich war, überraschte es ihn, dass er noch lebte. Er hatte gedacht, dass Edric und seine Männer ihn zu einem ruhigen Plätzchen im Nirgendwo führen und ihn dann umbringen würden. Nachdem sie ihm ein paar Schläge verpasst und den Versuch unternommen hatten, ihm mit Folter ein Geständnis zu entlocken, hatte Edric das Ganze gestoppt. Er wollte, dass seine Schwester in den Genuss kam, den Tod des Mannes mit anzusehen, der ihren Ehemann auf dem Gewissen hatte.

Nun saß er auf einem Holzstuhl, seine Hände mit Handschellen gefesselt, und er musste sich dem Rat aus dreißig Wandlern stellen, der zum Großteil aus Bären bestand. Ein paar Wölfe befanden sich darunter und ein Elch, den er von der Arbeit kannte. Die Witwe und die zwei kleinen Kinder des toten Wandlers saßen in der ersten Reihe. Die Augen der armen Frau waren rot unterlaufen und geschwollen. Die beiden Jungs, einer auf ihrem Schoß, der andere auf dem Stuhl neben ihr, pressten sich an ihre Mutter. Adrian fühlte mit den Kleinen, während sein Puma dem einengenden, nach Moschus riechendem Raum entkommen wollte.

Der tote Wandler lag nicht weit von ihm in einem riesigen Sarg. Die Schnauze zeigte zur Decke, seine Vorderpfoten auf eine menschliche Weise auf seinem Bauch verschränkt. Noch nie war er auf der Beerdigung eines Gestaltwandlers gewesen, aber der Anblick war verdammt unheimlich. Zwischen Adrian und dem Sarg stand der Grayback – der Alpha der Bären – an einem Rednerpult. Adrian hatte seine Sichtweise der Vorfälle bereits wiedergegeben. Dabei hatte er Darcys Namen nicht erwähnt. Stattdessen hatte er gesagt, dass ein Wanderer angegriffen wurde und dass dieser während des Kampfes das Weite gesucht hatte.

Der Grayback rief Randall in den Zeugenstand.

Vorn angekommen nahm Randall Platz. Der Werwolf war in einen dunkelblauen Anzug gekleidet, seine hellbraunen Haare waren zurückgegelt und er hatte sich sogar rasiert. Bei Adrians derangiertem Anblick und der blutigen Lippe runzelte er die Stirn. Adrian zuckte mit den Achseln. Schließlich hatte ihm Edric nicht die Chance gegeben, sich vor dem Verhör zurechtzumachen.

Der Grayback rief mit dem Richterhammer zur Ordnung. „Sagen Sie uns Ihren Namen und wie Sie zu dem Angeklagten stehen."

„Randall McIntyre. Ich bin beim Forest Service Adrians Vorgesetzter."

„Und was können Sie uns über den Mord an dem Bärwandler Wilson Rhodes sagen?"

„Ich würde es nicht Mord nennen. Adrian hat Bericht erstattet, dass ein abtrünniger Wandler im Nationalpark Tiere tötet und sie dann zurücklässt. Die Reporter wurden bereits neugierig und mit mehr Sichtungen von Infizierten mussten wir die Situation schnell unter Kontrolle bekommen.

Deshalb habe ich ihm die Erlaubnis gegeben, das Problem auszuschalten."

Die Menge wurde laut und der Grayback musste erneut mit dem Hammer für Ruhe sorgen. „Welche Beweise hat er vorgelegt, um aufzuzeigen, dass der Wandler für die getöteten Tiere verantwortlich ist?"

„Er meinte, dass er bei den Tierkadavern stets die Pfotenabdrücke eines Bären gefunden hat, und er konnte es riechen."

„Stehen diese Beobachtungen in den Berichten?"

Randall warf einen flüchtigen Blick zu Adrian. „Nicht über diesen Bären im Einzelnen."

Adrians Magen drehte sich. Randall war ihm bezüglich der Berichte immer auf den Sack gegangen, hatte gewollt, dass er Fotos schoss und eine Papierspur hinterließ.

Der Grayback räusperte sich. „Besteht die Möglichkeit, dass der Angeklagte selbst für die toten Tiere verantwortlich ist und nur einen Sündenbock für seine Taten gesucht hat?"

Randall schüttelte den Kopf. „Ich kenne Adrian seit einem Jahr und noch nie habe ich ein Anzeichen dafür gesehen, dass er die Kontrolle über sein Tier verloren hat."

„Beantworten Sie die Frage. Ja oder Nein."

„Ja, ich meine, sicher ist es möglich, aber wenn Sie mich fragen, ist das doch sehr weit hergeholt."

„Wissen Sie, warum der Angeklagte Wilson in seiner Tiergestalt angegriffen hat?"

„Mein Ranger meinte, dass er einen Wanderer beschützen wollte."

Der Grayback nickte. „Vielen Dank. Das wäre dann alles."

Leute im hinteren Bereich des Raumes murmelten, als Randall zu seinem Platz zurückkehrte. Adrian gefielen die Sorgenfalten auf dem Gesicht seines Vorgesetzten ganz und gar nicht. Nichtsdestotrotz war er froh, Randall hier zu haben. Auf diese Weise konnte der Werwolf seiner Familie berichten, was heute vorgefallen war. *Und Darcy.* Adrians Herz schmerzte bei dem Gedanken an sie. Wenn sich die Dinge entwickelten, wie er das vermutete, war es möglich, dass sie niemals erfuhr, was passiert war. Zumindest hatte er ihren Namen vor dieser Gruppe nicht erwähnt. Sie hatte keine Vergeltung der Bären zu erwarten.

Die Witwe näherte sich dem Zeugenstand. Sie beschrieb ihren Gefährten als standfest und liebevoll. Nach ihr folgten mehrere Bären, die für Wilson bürgten. Der Grayback schlug mit dem Hammer und sah zu Adrian. „Damit ist die charakterliche Einstufung des Verstorbenen beendet. Haben Sie noch jemanden, der für Sie sprechen kann, Adrian Stone?"

Bevor Adrian auch nur seinen Kopf schütteln konnte, vernahm er aus den hinteren Reihen eine Frauenstimme. „Ich werde für ihn sprechen."

Darcy? Sein Herz rutschte ihm in die Hose. Wie hatte sie den Versammlungsort gefunden? Jetzt wussten sie, wer sie war. Die Wandler machten den Weg für sie frei und erlaubten Darcy nach vorn zu treten. Hinter ihr folgten seine Eltern, Kepler und sogar sein ältester Bruder Jonas.

Knurren füllte den Raum und Edric sprang auf. „Die Hexe! Das ist die Hexe, die im Café bei ihm war!"

„Ruhe!" Der Grayback schlug mit dem Richterhammer.

Darcys Augen blieben auf Adrian haften, den Kopf stolz nach oben, als sie an den knurrenden Wandlern vorbeiging. In der Menge blitzten immer wieder Zähne und Fell auf und dennoch war auf ihrem Gesicht nicht mal ein Zucken zu erkennen. Sogar ohne eine eigene Tiergestalt war sie erbittert und wild und so verdammt wunderschön.

„Wer sind Sie?", fragte der Grayback.

„Ich bin seine Gefährtin." Sie wandte sich dem Raum zu. „Und ich bin die Wanderin, die von Wilson angegriffen wurde."

Kollektiv schnappten alle Anwesenden nach Luft.

„Sie lügt!" Edric marschierte zu ihr. „Das ist die Hexe, die ich erwähnt habe. Wahrscheinlich ist sie es, die unsere Brüder und Schwestern in Abtrünnige verwandelt!"

„Komm meiner Gefährtin nicht zu nah", zischte Adrian. Er wehrte sich gegen die Fesseln, mit denen er an den Stuhl gefesselt war. Sein Puma lauerte direkt unter der Oberfläche, wollte freigelassen werden. Aber wenn er sich jetzt verwandelte, würde er ihnen den Beweis liefern, nach dem sie sich sehnten.

„Edric, setz dich hin, sonst muss ich dich aus den Räumlichkeiten entfernen lassen", befahl der Grayback. Dann wandte er sich Darcy zu. „Miss, das hier ist eine Wandlerangelegenheit. Hexen haben hier nichts zu suchen."

Darcy zog den Kragen an ihrer Bluse zur Seite und entblößte damit den Biss auf ihrer blassen, von Sommersprossen übersäten Haut. „Ich bin vielleicht kein Wandler, aber Adrian hat mich für sich beansprucht. Nach dem Gesetz der Wandler bedeutet das, dass ich für ihn sprechen darf."

Verwirrt zog Adrian die Augenbrauen zusammen. Irgendetwas war anders an ihr. Nicht nur ihr plötzliches Wissen über die Gesetze seiner Artgenossen. Sie glühte regelrecht. Sie glühte mit einer Eloquenz, durch die jedes Wort an Glaubhaftigkeit gewann. Und sie roch nach Ozon. *Sie stottert nicht*, erkannte er.

Die Witwe stand auf, Tränen rannen über ihre Wangen. „Ohne Grund würde mein Wilson niemals jemanden angreifen. Du musst ihn provoziert haben!"

„Diese weißen Stellen in seinem Fell waren vor seiner Arbeit für die Hexe nicht da", sagte Edric. „Er wurde verhext. In dem Punkt bin ich mir sicher."

Darcy wandte sich der Witwe zu. Ihre Augen waren voller Mitleid. „Es tut mir so leid, was mit deinem Gefährten passiert ist. Ich kann verstehen, wie tief dich sein Verlust trifft. Dennoch versichere ich dir, dass ich ihn vor der Attacke noch nie gesehen habe. Adrian kam mir zur Hilfe. Hätte er das nicht getan, wäre ich jetzt tot, und dieses Treffen hätte ein gänzlich anderes Problem zur Thematik. Wahrscheinlich mit mehreren Reportern vor dem Gebäude. Ihr habt es Adrians schnellem Handeln zu verdanken, dass an diesem Tag nicht die Existenz von Gestaltwandlern vor den Menschen offenbart wurde. Ihr solltet ihm eine Trophäe überreichen, anstatt ihn zu misshandeln und sein Leben zu bedrohen."

Die Anwesenden murmelten untereinander und Adrian fühlte, wie die Feindseligkeit im Raum schrumpfte. Zu seiner Überraschung nickten einige zustimmend mit ihren Köpfen. Schamesröte breitete sich auf Adrians Wangen aus. Er war es nicht gewohnt, mit Aufmerksamkeit überschüttet zu werden. Es war eine Sache, von Darcy in Schutz genommen zu werden, aber sie dachte doch nicht wirklich, dass sie ihn zum Helden machen konnte, oder? Sie sah zu ihm, und der Ausdruck auf ihrem Gesicht bewies, dass sie genau das vorhatte.

Darcy konnte nicht entschlossener sein. Ihre Stimme war standfest, ihre Schultern durchgedrückt, als sie sich wieder dem Raum zuwandte. „Mein Gefährte hat die vollste Kontrolle über sein Tier, was er, wie es scheint, bereits bewiesen hat." Darcy blickte zu Edric. „Hat er seine Kontrolle verloren, als ihr ihn verprügelt habt?"

Der riesige Mann hatte seine Arme verschränkt und sein Gesicht lief rot an. Seine Augen glühten mit der Kraft seines Tieres, und dann schüttelte er den Kopf.

Der Grayback sagte: „Ich brauche eine verbale Antwort. Hat der Angeklagte während der Gefangennahme oder dem Verhör die Kontrolle verloren?"

„Nein", grummelte Edric.

„Danke für deine Ehrlichkeit", sagte Darcy. Sie kam an Adrians Seite und wandte sich mit ihren nächsten Worten an den Grayback. „Ich weiß, dass ich neu in der Gemeinde bin. Zudem bin ich kein Wandler. Ich bin aber seine Gefährtin. Ich kenne ihn bis in die

Tiefen seiner Seele. Und so bürge ich für ihn und bitte hiermit darum, dass er freigelassen wird."

„Auch wir bürgen für ihn", sagte Adrians Vater, der unter den Zuschauern stand. Jedes einzelne Familienmitglied von ihm erhob daraufhin das Wort.

Anschließend rieb sich der Grayback die Nase und blickte von Adrian zu Darcy und wieder zurück. „Für eine Hexe riechst du merkwürdig, das muss ich schon sagen. Da du seine Gefährtin bist, wird deine Aussage mit einbezogen. Nun muss der Höhlenrat seine Entscheidung treffen."

Nach einer Weile des unruhigen Gemurmels erhob sich eine Frau mit wilden schwarzen Locken. „Wir befinden, dass die Vernichtung von Wilson Rhodes rechtskräftig ausgeführt wurde."

Die meisten der Anwesenden stimmten zu, während andere weniger erfreut klangen. Der Grayback erhob wieder das Wort: „Lasst den Angeklagten frei." Dann richtete er den Blick auf Edric. „Niemand soll auch nur eine Pfote gegen ihn erheben, sonst folgt die Strafe der Gemeinschaft. Verstanden?"

Edric murmelte: „Ja, Alpha."

Einer der Bären öffnete die Handschellen und Adrian stand auf. Sofort zog er Darcy in seine Arme und drückte sie an seine Brust. Sie erwiderte die Umarmung mit der gleichen Verzweiflung wie er.

Als er den Kopf hob, sah er, dass sich seine Familie näherte. Sein Vater klopfte ihm auf den Rücken und Kepler nickte ihm zu. Grinsend betrachtete er Adrians Arme, die fest um seine Gefährtin geschlungen waren. „Gut gemacht, Bruder."

Adrian sah auf seine Gefährtin herunter. „Nein, das war allein Darcys Verdienst."

Sie errötete und strahlte ihn an. „Ich liebe dich."

„Ich liebe dich auch. Und jetzt lass uns nachhause gehen."

18

Beim Verlassen der Kneipe ließ Darcy seine Hand nicht los. Sie führte Adrian zu ihrem Auto und half ihm auf den Beifahrersitz. Sie wusste, dass Wandler rasch heilten, aber er sah wirklich furchtbar aus, und sie wollte ihn so schnell wie möglich sauber machen und sicherstellen, dass es ihm gut ging. Seine Eltern und seine Brüder waren zurückgeblieben, um ein Auge auf die Bären zu werfen. Sie waren sich nicht sicher, ob sie nicht vielleicht ihre Meinung ändern würden. Darcy bezweifelte das. Ihr Zaubertrank hatte wunderbare Arbeit geleistet.

„Warum stotterst du plötzlich nicht mehr?", fragte Adrian, als sie den Motor startete. Göttin, seine Stimme klang so fertig, wie er aussah.

Sie bog auf die Straße ein und fuhr in die Richtung ihres Hauses. „Ich habe meinen Zaubertrank getrunken.“

„Es hat funktioniert? Das ist großartig!“ Er lehnte den Hinterkopf gegen die Lehne. Eine Sekunde später zuckte er wieder nach vorn. „Du meintest doch, dass die Wirkung vorübergehend ist. Was ist jetzt mit deiner Prüfung?“

Sie schüttelte den Kopf. Auf dem Weg zu der Höhlengemeinschaft hatte sie viel darüber nachgedacht. „Ich werde meine Bewerbung zurückziehen.“

Er wandte sich ihr zu. „Ich verstehe nicht. Diese Prüfung zu bestehen, bedeutet dir einfach alles.“

„Nicht alles.“ Sie schenkte ihm ein Lächeln. „Ich musste erkennen, dass ich dem Zirkel nur beitreten wollte, um meine Tante zufriedenzustellen – um gut zu machen, was auch immer meine Mutter getan hatte. Nun bin ich mit einem Wandler verbunden – was ich um nichts in der Welt missen möchte –, und das wird der Zirkel niemals akzeptieren.“ Sie stellte den Blinker an und fuhr bei der nächsten Ausfahrt vom Highway. „Wieso sollte ich zu einer Gruppe gehören wollen, die mich nicht so akzeptieren kann, wie ich bin?"

„Aber wie wirst du jetzt die Hexenkunst erlernen?"

„Dafür brauche ich keinen Zirkel. Hazel gehört auch keinem an. Und ich h-habe den Zaubertrank ganz allein hergestellt." Sie schluckte. Ihre Tinktur verlor an Wirkung. Mit den Fingern fest um das Lenkrad gewickelt, sprach sie weiter. Sie wollte ihre Gedanken mit ihm teilen, bevor ihr Stottern vollständig zurückkehrte. „Du hast mir gezeigt, dass ich keinen Zirkel brauche, um mich dazugehörig zu fühlen. Das Einzige, was ich brauche, ist Selbstbewusstsein. Mit dir an meiner Seite fühle ich mich stark. Fähig. Und ich mag deine Familie. Ich weiß, dass ihr ein paar Probleme habt, an denen ihr arbeiten müsst, aber sie waren für dich da, als du sie am meisten gebraucht hast."

Er gluckste. „Wow, das waren viele Worte, Kätzchen. Ich möchte, dass du tief einatmest."

Mit dem Wissen, dass er sie neckte, um seine eigene Unsicherheit zu verbergen, bog sie in ihre Einfahrt. Das machte er immer. So einfach würde sie es ihm heute aber nicht machen. Vor Adrian war sie lange allein gewesen – ein Außenseiter auf der Suche nach einer Tür in eine Gemeinschaft. Sie hatte angenommen, dass sie nicht gut genug war. Indessen schaffte er es mit einem Blick, dass sie ihren eigenen Wert erkannte. Er gab ihr Zeit, um Worte und Meinungen zu formen. Nur durch ihn war es ihr möglich gewesen, die Stärke in sich selbst auszumachen. „Ich liebe dich, Adrian. Ich brauche den Zirkel nicht, denn ich habe jetzt eine Familie – dich. Nichts anderes ist mir wichtiger."

Er sah ihr in die Augen und sie beobachtete, wie sein Adamsapfel bei einem Schlucken hüpfte. Seine Hand schob sich in ihren Nacken und er lehnte sich zu ihr, legte die Stirn an ihre und sagte: „Ich liebe dich auch, Darcy. Wenn es dich glücklich macht, würde ich für dich auch einem Rudel beitreten."

„Das ist nicht nötig. Versuche einfach, freundlich zu sein, und habe k-keine Angst davor, um Hilfe zu bitten, wenn du sie brauchst."

Er nickte. „Das kann ich tun."

Die Zeit zum Reden war vorbei. Sie küsste ihn mit allem, was sie ausmachte und mehr.

Tante Willow war von Darcys Entscheidung wenig begeistert – um es milde auszudrücken. Im Café saßen sie einander gegenüber. „Ich habe viele Beziehungen spielen lassen müssen, um dir den Prüfungstermin zu beschaffen, Darcy. Wieso möchtest du diese große Chance nicht länger wahrnehmen?"

„M-Mein Stottern." Darcy packte die Kaffeetasse vor ihr noch fester.

„Oh, ich bitte dich. Ich weiß sehr wohl, dass du an einem Zaubertrank für Redegewandtheit arbeitest." Tante Willow rührte in ihrem Tee und der Löffel klirrte gegen die Keramiktasse. „Wenn du mehr Zeit brauchst, kann ich versuchen, die Prüfung auf einen anderen Tag zu verlegen.“

„Nein.“ Die Worte, die Darcy sagen wollte, fühlten sich wie ein Klumpen in ihrem Magen an. „Selbst w- wenn ich die Prüfung bestehe, werde ich den Standard des Z-Zirkels niemals erfüllen.“

„Bei Beschwörungen stimmt das vielleicht, aber du kannst dem Zirkel auf andere Weise ein Gewinn sein. Mit deinen Kräutern zum Beispiel. Kräuter brauchen wir immer, und Hazel verlangt Unsummen für ihre Arbeit.“ Willow reichte über den Tisch und legte ihre Hand mit den roten Fingernägeln auf Darcys. „Hexenkunst liegt dir im Blut. Das darfst du nicht ignorieren. Du solltest die Gesellschaft deiner Artgenossen nicht missen.“

Ein recht zweischneidiges Kompliment und doch gab es Darcy ein gutes Gefühl. Tante Willow war nicht dafür bekannt, mit Komplimenten um sich zu werfen. Darcy aber gab dies den Mut, eine Frage zu wiederholen, die sie schon so oft ausgesprochen hatte. „Wieso hat meine Mutter den Zirkel verlassen?“

Willows Gesicht gewann an Härte und sie zog ihre Hand zurück. „Das ist nicht mehr wichtig. Ich habe die Sache hinter mir gelassen. Genau wie der Zirkel. Sie sind bereit, dich in ihre Kreise aufzunehmen. Das muss reichen.“

„Du hast ihnen v-versprochen, dass ich nicht wie Mom bin. Wie kann ich nicht wie Mom sein, wenn ich nicht mal weiß, was sie getan hat?“ Ihre Mutter hatte niemals von ihrem Leben hier gesprochen. Die wenigen Informationen, die ihr hin und wieder entfleucht waren, hatten Darcy den Eindruck vermittelt, dass ihre Familie sie nicht geliebt hatte. An dem Tag, an dem Darcy der Schwester ihrer Mutter begegnet war, hatte sie sich auf Ablehnung vorbereitet. Stattdessen hatte Tante Willow sie in die Arme genommen und mit ihr geweint. Sie hatte einer siebzehnjährigen Darcy ein Bett zum Schlafen gegeben und sogar versucht, ihr Zaubersprüche beizubringen, was ihre Mutter ihr stets verweigert hatte.

Nach einem Moment versunken in Gedanken lehnte sich Tante Willow vor. „Loyalität. Rechtschaffenheit. Aufrichtigkeit.“ Sie schob den Stuhl zurück und stand auf. „Solange du diese Qualitäten nicht verlierst, wirst du niemals wie deine Mutter sein.“

Ihre Tante lief zur Tür. Der Kloß in Darcys Hals erschwerte ihr das Sprechen. Willow war die einzige

Familie, die ihr noch geblieben war, und Darcy hatte das starke Bedürfnis, sie zufriedenzustellen. Auf der anderen Seite wollte sie so akzeptiert werden, wie sie war. Inklusive ihrer Beziehung mit Adrian. Tante Willow hatte die Tür erreicht, bevor Darcy den Mut fand und schließlich herausplatzte: „Ich habe meinen vom Schicksal bestimmten Gefährten gefunden!"

Langsam drehte sich ihre Tante zu ihr um, ihre Augenbrauen zusammengezogen. „So etwas haben Hexen nicht."

„Ich s-schon." Sie zog den Kragen ihres Oberteils zur Seite und entblößte damit die heilende Wunde, die Adrians Besitzanspruch bezeichnete.

Die verschiedensten Emotionen waren auf dem Gesicht ihrer Tante zu erkennen, bevor sie schließlich den Kopf schüttelte. Nach einem tiefen Seufzer sagte sie: „Herzlichen Glückwunsch." Im gleichen Atemzug verließ sie das Café.

Noch lange nach Tante Willows Abgang saß Darcy angespannt auf dem Stuhl, während ihr Tee immer kälter wurde. Na gut, was hatte sie sich damit auch erhofft? Zumindest wusste ihre Tante nun Bescheid. Der Druck, dem Zirkel beizutreten, war verschwunden. *Was nun?* Die Hexenkunst allein zu erlernen, schien unmöglich. Vielleicht sollte sie nachgeben und zu einem Gestaltwandler werden. *Nein.* So sehr sie Adrian und seinen beeindruckenden Puma auch liebte, wollte sie noch immer eine Hexe sein. Das wollte sie schon, so lange sie denken konnte. In einer Sache stimmte sie ihrer Tante zu: Die Hexenkunst lag ihr im Blut.

Sie erhob sich vom Tisch, bezahlte und verließ das Café. Niedergeschlagen lief sie zu ihrem Subaru. Erst gestern war sie diesen Weg mit Adrian gegangen. So unbeschwert hatte sie sich gefühlt. Sie blickte die Straße hinunter, zu dem Baum, an dem sie rumgemacht hatten, und so fiel ihr Blick auf das Apothekenschild. Hazel war immer nett zu ihr. Bestand die Möglichkeit, dass sie Darcy als Auszubildende akzeptieren würde?

Sie leckte sich über die Lippen, wandte sich von ihrem Fahrzeug ab und lief zu dem kleinen Geschäft. Als sie eintrat, ertönte das Glöckchen über der Tür. Jake hob den Kopf von seinem Hundebett neben der Kasse, blinzelte verschlafen und machte es sich mit der Schnauze auf seinen Pfoten wieder bequem.

Aus dem hinteren Bereich erklang Hazels Stimme: „Ich bin gleich bei Ihnen!"

Darcy lief zu dem Regal mit dem losen Tee und las die Namen, ohne sie wirklich zu verarbeiten. Ihr Verstand überschlug sich, als sie überlegte, wie sie das Thema ansprechen sollte. Hazel hatte ihren eigenen Zirkel verlassen. Schließlich war sie in diese Stadt gezogen, hatte sich Tante Willows aber nicht angeschlossen. Bedeutete das, dass sie sich auch mit anderen Hexen nicht abgeben wollte? Warum führte sie dann einen Laden mit Zauberzubehör? *Sie verkauft auch Tee.* Darcy nahm einen Zellophanbeutel des Fichtennadeltees.

Als Hazel direkt hinter ihr das Wort erhob, erschreckte sich Darcy. „Hi, Darcy."

Sie wirbelte herum, um sich der Ladenbesitzerin zu stellen, und stotterte: „H-Hast du Bücher über Zauberformeln?"

Hazels Augen schienen zu glühen und Darcy konnte sich irren, aber sie glaubte, ein Lächeln zu erkennen. „Natürlich. Ich weiß um dein Interesse an Kräutern. Wie wäre es, wenn ich dir ein Buch über Zaubertränke zeige?"

Darcy nickte.

Hazel lehnte sich vor und öffnete eine Schublade unter der Vitrine mit dem Schmuck. Sie zog einen

Lederband in der Größe ihrer Handfläche heraus und reichte ihn Darcy.

Darcy leckte sich über die Lippen und fuhr mit den Fingern über die eingeprägten Blumen auf dem Einband. Es erinnerte eher an ein Tagebuch. Gefüllt war es mit einer winzigen Schreibschrift. Sie las ein paar Zeilen. *Grundlagen für die Zubereitung von Zaubertränken. Das Ernten und Anbauen von Kräutern. Die Wahl der richtigen Ampulle.*

Sie hob den Blick zu Hazel und lächelte. „Wie v-viel kostet es?"

„Sieh es als eine Leihgabe." Hazel sah zur Tür und lehnte sich vor. „Dem Zirkel gefällt es nicht, wenn der Inhalt dieser Bücher geteilt wird, also behalte es für dich, ja?"

Tränen brannten in Darcys Augen. „Warum bist du so nett zu mir?"

Hazel presste die Lippen fest zusammen. Für einen Moment zögerte sie, bevor sie antwortete: „Ich kannte deine Mutter. Sie war älter als ich, aber ich erinnere mich, wie die anderen sie aus der Stadt gejagt haben. Es ist nicht richtig, dass sie dich für ihre Entscheidungen bestrafen."

„Was hat sie gemacht?" Darcy starrte mit weit aufgerissenen Augen zu Hazel. Vielleicht würde sie endlich an Antworten kommen.

Hazel seufzte. „Sie hatte eine Affäre mit Willows Ehemann, der zudem der Sohn des Zirkelanführers war. Das war damals ein Riesenskandal."

Darcy schnappte bei der Offenbarung nach Luft. Ihre Mutter hatte nie über Darcys Vater sprechen wollen, meinte nur, dass es ein One-Night-Stand gewesen war. „I-Ist … Ist er mein V-Vater?"

Hazel schüttelte den Kopf. „Nein, er ist lange vor deiner Empfängnis gestorben. Der Zirkel kam hinter die Affäre, weil er alles deiner Mutter hinterlassen hat."

Nun verstand sie, wie sich ihre Mutter bei ihrem Einkommen als Verkäuferin in einem Juwelier das riesige Haus in Anchorage hatte leisten können. Noch immer hatte sie keine Ahnung, wer ihr Vater war. Wahrscheinlich würde sie es nie herausfinden. Zumindest erklärte es das Verhalten ihrer Tante. Ein bisschen zumindest. „Danke, dass du es mir erzählt hast."

Hazel lächelte. „Wenn du mit dem Inhalt dieses Buches Hilfe brauchst, lass es mich wissen. Die meisten Zaubersprüche verlangen nicht oder nach recht wenig Beschwörung."

„Bietest du mir an, mich auszubilden?"

Hazel rieb mit den Fingerspitzen über ihre Lippen und blickte erneut zu der Tür. „Deine Tante wird mich dafür hassen, aber ja. Ich werde dich unterrichten. Allerdings nur, wenn du für mich arbeitest. Ich kann diesen Laden nicht allein führen." Sie zwinkerte ihr zu. „Jake wird nie lernen, wie er die Kasse zu bedienen hat."

Darcy lachte und presste das kleine Buch an ihre Brust. Ihr Herz fühlte sich so voll an, dass sie das Gefühl hatte, gleich zu explodieren. „Abgemacht. Danke."

„Geh und wende dich deinen Studien zu, während ich mir überlege, was ich mit dir machen soll."

Nach einem Nicken verschwand Darcy. *Schon bald werde ich eine wahre Hexe sein!*

Adrian lag in seiner Tiergestalt am Rand der Lichtung auf dem weichen, moosbedeckten Boden und wartete, dass winzige Schritte zum dritten Mal an seinem Versteck vorbeikamen. Er entließ ein sanftes Schnurren und schlug mit dem Schwanz gegen den Busch. Die Füßchen stoppten. Über seinem Kopf raschelten die Blätter und entblößten ein engelsgleiches Gesicht mit blonden Löckchen und den eisblauen Augen ihrer Mutter. Seine zweijährige Tochter quietschte vor Freude: „Hab dich!"

Seine Vorderbeine austreckend wartete er, als sich Lus kurze Arme um seinen Hals schlangen und sie auf seinen Rücken kletterte. Dann erhob er sich auf alle viere und lauschte ihrem lieblichen Kichern.

Dies war ein Spiel, von dem sie niemals genug bekam, und er machte ihr gerne diese Freude. Bei seinen Ausflügen mit ihr blieb er nah an seinem Zuhause. Es bestand die Möglichkeit, dass seine Tochter ein Tier in sich trug, und dann würde er ihr die Ausmaße des Nationalparks zeigen. Vielleicht war sie aber auch eine Hexe wie ihre Mutter. Beide Optionen wären ein Segen, so lange er sie in seinem Leben hatte.

Mit seiner Kleinen auf dem Rücken näherte er sich der Hütte. Frisch gewaschene Wäsche hing zum Trocknen in der Sonne und Darcy hatte gerade erst eine Ladung Seife für die Apotheke hergestellt, sodass er Sandelholz und einen blumigen Duft in der Luft wahrnahm. In den letzten Jahren hatte er an die Hütte angebaut. Zwei weitere Räume, inklusive eines brandneuen Gebäudes, in dem Darcy ihre Kräuter trocknete, und eines Gartens, dessen Beete nun mit Pflanzen und Blumen gefüllt war. Sie und Hazel waren mittlerweile im Internet zu finden und nahmen Bestellungen an. Vor allem Darcys Zaubertränke – einige davon magisch, andere nicht – rühmten sich besonderer Beliebtheit.

Lu rutschte von seinen Schultern und rannte mit ihren kurzen Beinen zur Veranda. Den alten Stuhl hatte er mit einer Hollywoodschaukel ersetzt, auf die sie bereits kletterte und die Ketten zum Rasseln brachte.

Er verwandelte sich in seine Menschengestalt und eilte die Stufen hinauf, um ihr zu helfen, bevor sie herunterfiel und sich verletzte. Darcy kam mit einer Box Seife aus der Hütte. Ihr Blick wanderte zu seinem Schritt. Als sie ihm dann in das Gesicht sah, wackelte sie anzüglich mit ihren Augenbrauen. Sofort reagierte sein Schwanz und schwoll an. Er hatte keine andere Wahl, als nach der Boxershorts auf der Schaukel zu greifen und sich zu bedecken. „Verdammt, Frau."

Schmunzelnd stellte sie die Box neben die übrigen. Sie wartete, bis er sich die Shorts übergezogen hatte, bevor sie die Arme um seine Hüfte schlang. Ihre Augen sagten *Ich liebe dich,* ohne dass sie auch nur ein Wort sagen musste.

Er küsste sie auf die Nasenspitze. „Ich liebe dich auch, obwohl du unsere Tochter mit deiner Wirkung auf mich wohl auf Lebenszeit schädigen wirst."

In der Zwischenzeit hatte sich Lu auf der Schaukel hingesetzt. Mit dem Rücken krachte sie immer wieder gegen die Lehne, um sie in Bewegung zu setzen. Erfolglos. „Schaukel!"

Adrian ließ seine Gefährtin los und setzte sich. Darcy nahm auf der gegenüberliegenden Seite von Lu Platz. Er legte einen Arm auf die Lehne der Schaukel und fand mit der Hand Darcys Schulter. Lächelnd rieb sie ihre Wange an seinem Unterarm. Gemeinsam drückten sie sich ab und hoben dann die Beine in die Lüfte, sodass die Schaukel nach vorn wippte. Das Lachen, das ihre Tochter daraufhin entließ, war unbezahlbar.

Kepler saß in der State-Trooper-Wache in seinem Büro und las zum gefühlt hundertsten Mal durch den Polizeibericht. Im Geiste verfluchte er die schlechte Qualität der Fotos. Nicht direkt schlechte Qualität, sondern Ignoranz, erinnerte er sich. Anfängerfehler. Der Mann, der die Fotos geschossen hatte, gehörte nicht zu seiner Abteilung. Zur Hölle, er gehörte nicht mal zu den State Troopern, sondern war nur ein gewöhnlicher Polizist in Kenai. Kepler musste ihm für seine Initiative jedoch Anerkennung zollen.

An seinem Computer zoomte er näher an das Bild und hoffte, damit einen besseren Blick auf die weiße Stelle in den Haaren des Opfers werfen zu können. Im Bericht stand nichts davon, dass die tote Frau eine Wandlerin gewesen war. Es konnte jedoch nicht bestritten werden, wie viele Gemeinsamkeiten es zu den Fällen gab, die er in den letzten drei Jahren in der Gegend um den Wrangell-St. Elias-Nationalpark ermittelt hatte. Er griff zum Telefon und wählte die Nummer von Officer Cal Bennet, die in der E-Mail des Berichts inkludiert gewesen war.

Eine tiefe Stimme antwortete: „Bennett.“

„Ja, hallo, hier spricht Kepler Stone von der Major Crimes Unit in Gakona. Haben Sie kurz Zeit für ein paar Fragen?“

Im Hintergrund hörte Kepler einen Blinker. „Stone, ich bin froh, dass Sie anrufen“, antwortete Bennett. „Mein einziger Kontakt hier unten erteilt mir immer wieder eine Abfuhr.“

„Okay, gut, dass Sie sich an mich gewendet haben. Ich nehme an, dass das Opfer eine Wandlerin war?“

„Korrekt. Ein Wolf. Ich halte meine Augen bei Straftaten mit Wandlern stets offen, und diese Sache ähnelt den Vorfällen in Wrangell vor einem Jahr.“

Die letzte Spur, der Kepler gefolgt war, hatte ins Leere geführt. Das hatte ihn gleichermaßen frustriert und erleichtert. Zumindest starben in dieser Gegend keine Wandler mehr. Der Ausbruch könnte sich jedoch wiederholen, wenn sie nicht herausfanden, was die Ursache war. *Und es scheint wieder zu passieren. An einem anderen Ort.* „Sagen Sie mir, was Sie wissen."

Cal beschrieb den Todesfall, der einer Unterkühlung zugeschrieben wurde. „Es gab kein Anzeichen auf einen Kampf, und soweit ich weiß, waren keine anderen Wandler involviert. Wir wissen beide, dass eine Unterkühlung keinen Wandler tötet. Zudem roch es am Tatort nach Asche und die weißen Strähnen in den Haaren des Opfers befanden sich an der gleichen Stelle wie bei Ihren Berichten. Ich bin mir sicher, dass mein Fall mit Ihrem etwas zu tun hat."

„Sehr wahrscheinlich, ja." Die letzte Theorie hatte darin bestanden, dass eine Hexe hinter dem Ausbruch der Infizierten steckte. Die Anführerin des Zirkels brauchte jedoch eine frische Probe, um herauszufinden, ob Magie eine Rolle spielte. „Das könnte zu einem Durchbruch in dem Fall führen. Können Sie mir eine Gewebeprobe besorgen?"

„Der Körper wurde eingeäschert. Die Familie wollte die Angelegenheit nicht in die Länge ziehen."

„Scheiße." Wieder kam die Spur zu einem Ende. Es sei denn natürlich, ein neuer Infizierter tauchte auf. Das Letzte, was er wollte, waren mehr Tote. Kepler rieb sich über die Schläfe, gefangen zwischen der Hoffnung, dass Cal falschlag und dem Wunsch nach einer neuen Spur. „Falls es einen weiteren Fall geben sollte, besorgen Sie mir bitte eine Probe."

„Ich werde es versuchen. Leider erfahre ich immer nur über hundert Ecken von diesen Vorfällen", sagte Cal. „Ich habe versucht, der Spurensicherung beizutreten, aber dafür reichen meine Qualifikationen nicht aus. In der Major Crimes Unit bei uns wirken keine Wandler mit."

Fuck. Ein Gestaltwandler mit Kompetenz musste vor Ort sein, insofern es zu einem weiteren Vorfall kommen sollte. Kepler fühlte, dass es noch nicht zu Ende war. Er öffnete Google und betrachtete die Karte der kleinen Stadt in Alaska direkt am Kenai River. „Wie es aussieht, werde ich mich nach Kenai versetzen lassen."

Cal antwortete: „Großartig. Sagen Sie mir Bescheid, wann Sie ankommen, dann kann ich Sie herumführen."

„Danke." Kepler legte auf und kümmerte sich um den nötigen Papierkram für eine schnelle Versetzung. Das würde seine Eltern sicher traurig machen, aber es war an der Zeit, dass er sich von dem Gakona-Rudel löste. Sein Wolf begehrte unter Gray auf, dem neuen Alpha, ständig auf. Der Mann war nicht das Problem, aber Kepler war nicht bereit, seine Treue zu schwören, nur weil das seine Eltern taten.

Er konnte nur beten, dass der Alpha im Süden kein Arschloch war …

LIEBER LESER

L ieber Leser,

ich hoffe, Du hast diese paranormale Romance in Alaska genossen. Möchtest Du herausfinden, was nun passiert? In Keplers Buch wird die Geschichte fortgesetzt. Für eine Leseprobe wische zur nächsten Seite.

xoxo,

Tamsin

KEPLERS WÖLFIN (ALPHAS IN ALASKA, BUCH 2)

LESEPROBE

Die Musik aus der Bar brachte den Boden unter Ashlyns Füßen zum Beben, als sie darauf wartete, dass der Türsteher ihren Ausweis absegnete. Von ihrer neuen Friseurin hatte sie sich zu Meerjungfrauenhaaren überzeugen lassen. Sie war fünfundzwanzig Jahre alt, aber das Pink und das Blau in ihren Haaren schienen den Eindruck zu erwecken, dass sie jünger sei. Das und die Tatsache, dass sie Cupcakes in den Armen hielt.

„Sie sind mit Mojito-Geschmack", sagte sie dem Türsteher. Gott, sie fühlte sich so dämlich. Wer brachte schon Cupcakes zu einer Bar? „Sie sind für einen Junggesellinnenabschied."

„Ah." Der Türsteher gab ihr den Ausweis mit einem Zwinkern zurück und wies sie an, einzutreten. „Die Gruppe ist schon drin. Viel Spaß."

„Danke." Sie lächelte und betrat die Bar. Vor zwei Monaten war sie nach Kenai gezogen, um die Bäckerei ihrer Cousine zu übernehmen, und sie schätzte es sehr, wie freundlich die Menschen hier waren. Das bewies auch diese Junggesellinnenfeier. In den letzten Wochen war sie damit beschäftigt gewesen, zu backen und das Chaos zu beseitigen, das Lana Buchhaltung nannte. Dadurch hatte sie kaum Zeit gehabt, Leute kennenzulernen. Muffy, die zukünftige Braut, war in die Bäckerei gekommen, um nach einem Kostenvoranschlag für eine Hochzeitstorte zu fragen. Nachdem ihr bewusst wurde, dass Ashlyn neu in der Stadt war, wurde sie prompt zu der Party eingeladen.

Normalerweise gehörte Ashlyn nicht zu der Art Mensch, die von vollkommen Fremden Einladungen dieser Art annahm, aber sie brauchte Freunde, und Muffy schien nett zu sein. Zumindest würde die Party dafür sorgen, dass sie mal aus dem Haus kam.

Im Eingangsbereich stoppte sie und ließ den Blick auf der Suche nach Muffy über die Menge schweifen. Sie sah zu der Tanzfläche, die von farbenfrohen Lichtern angestrahlt wurde. Der Bereich war mit sich windenden Menschen vollgestopft, während andere um die hohen Tische standen. Die Bar in der Mitte agierte als Raumteiler und aus der Küche nahm sie den köstlichen Geruch nach Alaska-Heilbutt und Steakpommes wahr. Ihr Magen knurrte. Sie hatte heute so viel zu tun gehabt, dass sie das Mittag hatte ausfallen lassen. Süße Cupcakes würden nicht reichen, wenn sie vorhatte, Alkohol zu trinken.

Aus den Nischen an der Wand trat Gelächter an ihre Ohren. Eine Gruppe aus Frauen in tiefausgeschnittenen Blusen hob Shotgläser in die Luft. Ashlyn entdeckte Muffys dunkle, professionell verwuschelte Haarpracht, auf der ein glitzerndes Plastikdiadem zu finden war. Ihre Nervosität meldete sich. An sich war sie nicht schüchtern, aber sich einer Gruppe aus Frauen anzuschließen, die sich bereits kannte, war immer merkwürdig. Zu dumm, dass ihre Cousine Lana auf ihrem Fischerboot beschäftigt war, sonst hätte Ashlyn sie mit zur Party gezerrt.

Sie drückte die Schultern durch und setzte einen Fuß vor den anderen. Die gesamte Zeit behielt sie

Muffys weißen Schleier im Auge, der sie als den Star der Show identifizierte. Klischeehaft. Ashlyn mochte es klischeehaft. Das machte es standfest und voraussehbar.

Die zukünftige Braut entdeckte sie. Muffy lehnte sich über den Tisch und wedelte mit ihren manikürten Nägeln, um ihre Freundinnen zum Schweigen zu bringen. „Macht ein wenig Platz für Ashlyn. Ashlyn, das ist meine Schwester Jen. Sie ist auf Besuch von Idaho. Ich versuche, sie davon zu überzeugen, zu uns zu ziehen." Dabei zeigte sie auf eine Frau mit kastanienbraunen Haaren, neben der sich Ashlyn hinsetzte. Anschließend stellte sie ihr die anderen Frauen am Tisch vor. „Und das sind meine Freunde: Bev, Christy und Alison."

Die Frauen grüßten sie mit einem Lächeln und Ashlyn fühlte sich augenblicklich willkommen. Sie hatte vergessen, wie gut es sich anfühlte, sich mit Freunden zu treffen. Sie kannte diese Damen noch nicht, aber die Scherzgeschenke in der Form von Penissen auf dem Tisch zeigten, dass sie Humor hatten. *Vielleicht mögen sie sogar meine schlechten Witze.* Zuerst jedoch würde sie die Gruppe mit ihren selbstgemachten Cupcakes bestechen.

Ashlyn stellte die pinke Schachtel auf den Tisch. „Ich habe etwas Köstliches für uns gebacken."

„Oh, das ist so lieb von dir. Das wäre wirklich nicht nötig gewesen!" Muffy schob die Box zur Seite und gab Ashlyn ein Shotglas. „Hier, trink. Du musst aufholen!"

Der beißende Geruch von Tequila trat an ihre Nase. Als sie das letzte Mal Tequila getrunken hatte, war sie zu einem Arschloch geworden und hatte sich sehr unbeliebt gemacht. Andererseits hatte ihr Ex Ryan den alkoholisierten Ausbruch wirklich verdient. Sie hätte die Situation dennoch besser handhaben können. „Nein danke. Lieber nicht."

„Oh, komm schon! Deine Bäckerei ist morgen geschlossen." Muffy schwankte im Einklang zu der Musik, während sich ihre der Schwerkraft trotzenden Brüste keinen Millimeter bewegten. „Hab ein bisschen Spaß!"

Ashlyn griff nach der laminierten Speisekarte unter den Scherzartikeln. „Ich hatte noch kein Abendessen."

„Wir haben bereits Appetitanreger bestellt." Muffy legte die Hand auf die Speisekarte. „Darum musst du dich also nicht sorgen."

Jen lehnte sich zu ihr und ihre langen kastanienbraunen Wellen fielen um ihre Schultern. „Trink den Einen. Dann lässt sie dich erstmal in Ruhe."

„Jedenfalls bis der nächste du weißt schon was sagt!" Bev – eine Blondine, von der Ashlyn glaubte, sie ein- oder zweimal in der Bäckerei gesehen zu haben – richtete ein übertrieben ausgeführtes Zwinkern in ihre Richtung.

„Welche Wörter dürfen wir nicht sagen?"

„Oh, sie ist hinterlistig!" Jen lachte. „Sie versucht, zu erreichen, dass wir sie laut aussprechen."

„Ich hab ja gleich gesagt, dass du sie mögen wirst." Muffy lehnte sich über den Tisch, um Ashlyn eine bunte Perlenkette umzulegen. „Jen hat eine Liste angefertigt. Irgendwo hier muss sie sein." Sie zeigte auf den vollgepackten Tisch. „Jeder sollte am Anfang wenigstens mit einem Shot beginnen."

Ashlyn vertrug keinen Alkohol. Schneller als sie Tequila sagen konnte, stieg er ihr in den Kopf. Andererseits würde eine kleine Menge vielleicht dafür sorgen, dass sie sich etwas entspannte. Sie legte das Glas an ihre Lippen und warf den Kopf in den Nacken. Der Tequila bahnte sich einen brennenden Pfad ihre Kehle herunter und wurde begleitet von einem Schwindelgefühl. *Wow, das ging schnell.* Sie presste die Augen zu und schüttelte den Kopf. „Ah!"

„Ja!", jubelten die Frauen am Tisch.

Ashlyn nahm einen Zettel entgegen. JUNGGESELLINNENBINGO stand darauf geschrieben, als die nächste Runde Shots kam. Die Kellnerin stellte vor ihr ein Glas ab und Ashley sagte: „Danke."

Wie es aussah, war dies ein Wort, das sie nicht erlaubt waren, zu sagen, und so riefen die Frauen im Sprechchor: „Trink! Trink!"

Ihr Magen wehrte sich. Auf der Suche nach den Appetitanregern blickte Ashlyn über ihre Schulter. Die Kellnerin war zu einem anderen Tisch gegangen. Das Essen würde doch sicher bald kommen, richtig? *Du bist nicht hierhergekommen, um die Spaßbremse zu spielen.* Tief atmete sie ein und trank den Shot.

Sofort war ihr klar, dass das ein Fehler gewesen war. Ihr Magen rebellierte und sie schoss auf die Füße. „Entschuldigt mich kurz."

„Musst du auf die Toilette? Warte, ich komme mit", sagte Muffy.

Ashlyn wartete nicht. Der Tequila kam ihr hoch und sie würde es bevorzugen, sich nicht auf ihren neuen Freundinnen zu übergeben. Das Klo musste im hinteren Bereich liegen, oder? Mit den Ellbogen kämpfte sie sich durch die Menge aus schwitzenden Körpern. Keine Toiletten zu sehen. Sie entdeckte lediglich die Küche und den Notausgang. Mit dem Tequila bereits in ihrem Rachen drückte sie sich gegen die Tür ins Freie.

Kühle Luft wehte über ihren Körper. Sie kam nur ein paar Schritte, bevor sie sich vorlehnte und sich in der dreckigen Seitengasse übergab. Nach wenigen Sekunden war ihr Magen leer. Mit den Händen auf ihren Knien schnappte sie nach Luft. Als sie den Kopf hob, sah sie das Nordlicht. Bänder aus grünem Licht erstreckten sich hinter ein paar Wolken. Dies war das erste Mal, dass sie in den Genuss dieses Naturschauspiels kam, und sie wünschte wirklich, dass sie sich in einem besseren Zustand befinden würde, um es genießen zu können.

Die Gasse blieb ruhig. Nur der gedämpfte Bass der Musik im Inneren war zu hören, als sie sich weiterhin auf ihre Atmung konzentrierte. Gott, sie hasste es, sich zu übergeben. Und der Geruch! Bereits vor ihrem Beitrag war es hier wenig heimisch gewesen. Und jetzt? Einfach abartig. Wenigstens hatte sie keinen Alarm ausgelöst, indem sie durch den Notausgang den Club verlassen hatte.

Sie richtete sich auf, wischte mit dem Handrücken über ihren Mund und kehrte zur Tür zurück. Plötzlich krachte sie gegen eine männliche Brust. *Verdammt.* Der Türsteher musste zu ihr gekommen sein, um nach ihr zu sehen. Sie hob den Kopf. „Tut mir leid, ich –"

Sie traf auf glühende violette Augen.

Nach Luft schnappend stolperte sie rückwärts. Sie hatte davon gehört, dass Tequila Halluzinationen hervorrufen konnte. Auf diese Erfahrung hätte sie echt verzichten können.

Der Mann öffnete seinen Mund und entblößte unnatürlich spitze Zähne. Sie ging einen weiteren Schritt auf Abstand. Ihr Herz hämmerte gegen ihren Brustkorb. Seine wilden Haare wiesen eine weiße Strähne auf und sie dachte sofort an Frankensteins Braut.

Obwohl es unangebracht wirkte, konnte sie sich nicht zurückhalten und murmelte: „Es lebt!"

In einer Bewegung, die zu schnell war, um ihr mit den Augen zu folgen, griff er nach ihr.

Sie schrie und versuchte, sich an die Lektionen aus dem Selbstverteidigungskurs in der Schule zu erinnern. Das war jedoch zehn Jahre her. Wie Krallen wickelten sich seine Finger um ihre Arme und rissen sie an sich. Sein Gesicht senkte sich auf ihre Schulter und dann spürte sie Schmerz.

Beißt er mich?

Es tat weh. Schmerz. Wut. Zorn. Ihr gesamtes Sein schien zu explodieren und sich aus Funken und Fell neu zusammenzusetzen. *Fell?*

Ihre Lippen zogen sich von ihren Zähnen zurück. Dann lagen ihre Lippen plötzlich an seiner Kehle. Der Geschmack nach Eisen bedeckte ihre Zunge.

Nicht Eisen. Blut.

Was zum Teufel ging hier vor sich? Sie hatte die Kontrolle über sich verloren. Ihr Kopf drehte sich, ihr Kiefer weigerte sich, von ihm abzulassen. Sie fühlte, wie Fleisch riss, und nahm die grauenhaften

Laute des Mannes wahr, der erfolglos nach ihr ausholte. Das Licht in seinen Augen wechselte zu einem Grün und sie hätte schwören können, dass er sich bei ihr bedankte.

Dann erlosch das Glühen in seinen Augen.

2

Kepler erreichte den Tatort, als die Orthodoxe Kirche in der Nähe Mitternacht schlug. Er stieg aus seinem Jeep und holte aus dem Kofferraum seine gerichtsmedizinische Ausrüstung. Rotes und blaues Polizeilicht reflektierte von dem Metalldach der Bar. Die Zeit für die Touristen kam zu einem Ende, dennoch presste sich eine Traube aus Schaulustigen gegen das Absperrband vor der Seitengasse.

Er schob sich durch die Menge, ignorierte genervte Blicke und duckte sich unter dem Band hindurch. Der Officer, der die Leute beobachtete, ließ ihn mit einem Nicken passieren.

Neben dem schwach beleuchteten Hinterausgang der Bar entdeckte er Blut zwischen den Mülltonnen. Die Luft stank nach Fisch, Erbrochenem und Müll. Kepler zwang seine tierischen Instinkte nieder und versuchte, nicht zu tief einzuatmen, als er die Szene in sich aufnahm. Ein schlanker Mann mit lockigen Haaren lag mit aufgerissener Kehle neben der Tür auf seinem Rücken.

Kepler hielt neben dem Pfotenabdruck in der Größe einer Melone an. Angriffe von Bären kamen vor, denn in dem Fluss gab es ein reichhaltiges Angebot an Lachs. Aber das war nicht der Abdruck eines Bären. Er kam von einem Wolf. Einem großen Wolf. Einem Gestaltwandler. Dafür musste er nicht mal tief einatmen.

Der Polizist Cal löste sich von einer Unterhaltung mit einem State Trooper und kam zu ihm. Sein sommersprossiges Gesicht wirkte ungewohnt düster. Cal war auch ein Wolf. Er war derjenige, der Kepler kontaktiert hatte, als immer mehr infizierte Wandler in der Gegend aufgetaucht waren. Beide galten sie in dem ansässigen Rudel als Außenseiter und so waren sie seit Keplers Versetzung vor drei Monaten schnell Freunde geworden.

Cal zog Erkältungssalbe aus der Brusttasche seiner Polizeiuniform und bot sie Kepler an, als er in einem Flüsterton sagte: „Das Opfer ist ein Wandler. Und auch er weist diese komischen weißen Flecken auf, nach denen wir stets Ausschau halten."

Kepler schüttelte den Kopf und lehnte die Salbe ab. So sehr er den Geruch eines Tatorts auch verabscheute, nahm seine Nase oft Anhaltspunkte wahr, die er ansonsten übersehen würde. Sein Geruchssinn ließ ihn bei seiner Arbeit glänzen. In kürzester Zeit hatte er sich dadurch den Respekt der Männer in seiner Abteilung verdient. Er hockte sich hin, um einen besseren Blick auf das Opfer werfen zu können. „Wissen wir, wer ihn ausgeschaltet hat?"

„Nein." Cal zuckte mit den Achseln. „Der Presse werden wir sagen, dass es wahrscheinlich ein Bär war. Denkst du, dass du mich in die Ermittlungen einbeziehen kannst?" Cal wollte Teil der Spurensicherung sein, jedoch fehlten ihm die Qualifikationen. Bisher hatte Kepler noch nicht den Einfluss mit der von Menschen dominierten Strafverfolgungsbehörde, um ihn ins Boot zu holen.

„Ich werde es bei Finch ansprechen. Du weißt aber, wie es funktioniert. Wir müssen sicherstellen, dass alles nach Vorschrift abläuft. Wie steht es um deine

Weiterbildung?" Kepler hatte ihm geholfen, sich für Onlineseminare anzumelden.

„Du weißt gar nicht, wie sehr ich Hausaufgaben hasse", beschwerte sich Cal. „Bist du dir sicher, dass es keine Möglichkeit gibt, mit einer Prüfung schneller ans Ziel zu kommen?"

„Bei dem Test kommt es nicht auf deine Wandlersinne an, Cal. Für den Job brauchst du die Theorie, die Abläufe –"

„Ich weiß ja." Cal wedelte mit der Hand, um die wiederholte Belehrung zu beenden. „Ich bemühe mich. Geh und mach dein Ding. Ich kümmere mich um die Menschen. Lass mich wissen, wenn du Hilfe brauchst."

Nickend zog Kepler seine Kamera hervor und schoss Bilder. Die weiße Strähne wies darauf hin, dass der Mann infiziert war. Das bedeutete, dass, wer auch immer ihn getötet hatte, für die Wandlergemeinde nebensächlich war. Herauszufinden, was oder wer Wandler dermaßen aggressiv machte, war Keplers höchste Priorität. In Gakona war der Ausbruch den Hexen in die Schuhe geschoben worden, obwohl es niemals bewiesen werden konnte. Er stellte sich auf eine Reizüberflutung ein, holte tief Luft und suchte die Gegend nach Hinweisen ab. *Blut. Müll. Wolf. Gefährte.*

Er sprang auf die Füße und trat einen Schritt zurück. *Gefährte?* Nicht der tote Wandler, sondern der andere Wolf, der vor Kurzem noch hier gewesen war. Der Wandler, der höchstwahrscheinlich diesen hier erlöst hatte. Wildblume und Moschus. Eine Duftmischung, die seinen Wolf in helle Aufregung versetzte und von Kepler verlangte, schnell zu handeln.

Er realisierte, dass er schwer atmete, als Cal ihm erneut die Salbe anbot. „Hast du deine Meinung geändert?"

„Es geht mir gut." Unkontrolliert rieb Kepler mit den Handflächen über seine Schenkel. Alle Gestaltwandler sehnten sich nach ihren Partnern fürs Leben, nach ihren vom Schicksal bestimmten Gefährten. Romantisch war dieser Moment allerdings nicht. Zumal sie eine Verdächtige in der Ermittlung war. „Du riechst nichts Ungewöhnliches, oder?"

„Nein. Wieso?"

Die Hintertür schwang auf und eine junge Frau mit einem Handy in der Hand und einem Plastikdiadem auf dem Kopf erschien. Cal drehte sich zu ihr und hob eine Hand, um sie zu stoppen. „Hey, dies ist ein Tatort. Sie müssen gehen."

Die Frau sah zu dem Toten und riss die Augen weit auf. „Meine Freundin ist verschwunden und ich mache mir Sorgen."

„Also hier ist sie nicht." Cal brachte die Frau wieder in den Club.

Indessen wandte sich Kepler erneut dem Tatort zu. Seine Augen folgten den blutigen Spuren neben der Leiche. Sie führten von dem Körper weg und an das Ende der Gasse. Sein Wolf trieb ihn an. Verzweifelt wollte er diese Frau kennenlernen. Sein menschlicher Verstand packte die Leine an dem Biest fester. Er durfte nicht erlauben, dass seine Hormone die Oberhand erlangten und seine Ermittlungen in diesem Fall störten.

Mit klopfendem Herzen lief er durch die Gasse, sein Blick stets auf den Pfotenabdrücken, sodass ihm kein Hinweis entging. Nach einer Weile verschwanden die Spuren, während sich der Duft nach Honig und Frau verstärkte.

An einem Müllcontainer erstarrte er, seine Nasenflügel bebten. Sie war hier. Genau hier. Seine

Hormone schlugen Alarm. In einem sanften Ton fragte er: „Hallo?"

Aus dem Müllcontainer vernahm er einen atemlosen Schluchzer.

Er öffnete den Deckel und seine Kehle schnürte sich zu. Aus dem Inneren trafen zwei leuchtend blaue Augen auf seine …

~ ~ ~

Mehr Bücher aus der Alphas in Alaska-Reihe wird es in 2022 geben! Abonniere meinen Newsletter, um so schnell wie möglich von Neuerscheinungen zu erfahren! Als kleines Dankeschön werde ich Dir ein kostenfreies Bild zum Ausmalen schicken!

HIER ABONNIEREN >>>
http://join.tamsinley.com/newsletter_abonnieren

Vor langer, langer Zeit habe ich es mir in den Kopf gesetzt, biomedizinische Technikerin zu werden. Das Aufschneiden von Laborratten führt allerdings selten zu einem glücklichen Ende, wie man es aus Büchern kennt. Jetzt vermische ich meine Begeisterung für die Wissenschaft mit charakterorientierter Romance und einem garantierten Happy End. Meine Monster finden immer ihre Gefährten, in Geschichten mit temperamentvollen Protagonistinnen, gequälten Helden und einer guten Portion Erotik. Ich verspreche Dir, meine Geschichten werden Dich nicht hängen lassen. (Obwohl es natürlich passieren kann, dass Du danach noch mehr willst!)

Wenn ich nicht schreibe, dann findest Du mich im Garten oder in der Küche, auf Erkundung durch Alaska mit meinem Ehemann oder bei der Vorbereitung auf eine Zombie-Apokalypse. Ich liebe Wein und Apple Cider. Und auch wenn ich nur ein bescheidenes Talent dafür besitze, genieße ich es, zu häkeln.

9 781950 027576